Montagnes oubliées

Abra Taylor

Harlequin Romantique

PARIS · MONTREAL · NEW YORK · TORONTO

Publié en juillet 1983

© 1982 Harlequin S.A. Traduit de *Lost Mountain,*
© 1979 Abra Taylor. Tous droits réservés. Sauf pour des
citations dans une critique, il est interdit de reproduire ou
d'utiliser cet ouvrage sous quelque forme que ce soit, par des
moyens mécaniques, électroniques ou autres, connus
présentement ou qui seraient inventés à l'avenir, y compris la
xérographie, la photocopie et l'enregistrement, de même que
les systèmes d'informatique, sans la permission écrite de
l'éditeur, Editions Harlequin, 225 Duncan Mill Road, Don Mills,
Ontario, Canada M3B 3K9.

Le présent récit étant une œuvre de pure fiction, toute
ressemblance avec des personnes vivantes ou décédées
serait due au seul hasard.

La marque déposée des Editions Harlequin, consistant des
mots Harlequin et Harlequin Romantique, et de l'image d'un
arlequin, est protégée par les lois du Canada et des Etats-Unis,
ainsi que dans d'autres pays.

ISBN 0-373-41195-2

Dépôt légal 3ᵉ trimestre 1983
Bibliothèque nationale du Québec et Bibliothèque nationale
du Canada.

Imprimé au Québec, Canada—Printed in Canada

1

« Il faudra épouser ton travail » avait déclaré son oncle, quatre ans auparavant, quand il avait proposé à Dellie Everett une situation dans sa maison d'édition. Il avait répété la formule récemment, avant de l'envoyer remplir une étrange mission au cœur de la France.

Parce qu'elle avait effectivement épousé son travail, elle venait de vivre une année dans le mensonge, un mensonge qui avait associé, dans l'esprit du public, son nom à celui — très connu — de Rhys Morgan, un mensonge qu'elle avait cru pouvoir oublier à la mort de celui-ci...

Elle frissonna à l'évocation de ces mois difficiles, ou peut-être simplement à cause du vent, encore froid en cette fin de printemps, balayant le quai de la gare. Elle portait un manteau de laine fauve, trop léger, qui mettait en valeur ses cheveux blonds aux reflets cuivrés, mais elle n'avait pu supporter l'atmosphère enfumée de la salle d'attente. Le tortillard l'avait déposée quelques minutes plus tôt dans ce coin perdu au nord-est du Massif central.

Le village de Saint-Just-Le-Haut, ceinturé d'un mur de pierres sèches, était accroché dans la montagne, à quelque distance de la gare. Ses toits rouges brillaient sous le soleil, mais ses maisons sans âge, blotties les unes contre les autres, restaient sombres. Dellie avait l'impression qu'elles étaient le prolongement naturel du sol volcanique.

Rhys avait parfois évoqué le Massif central dans ses œuvres, le Puy-de-Dôme, le Cantal, l'Aveyron et les Gorges du Tarn, les rudes Cévennes et la fertile Haute-Loire… Face au massif montagneux, Dellie avait un sentiment de déjà vu, bien qu'elle ne fût jamais venue ici auparavant. Elle connaissait ce pays avec son cœur, grâce aux poèmes de Rhys Morgan, dont c'était la patrie, du côté de sa mère.

Rhys Morgan. Elle eut l'impression que son fantôme l'observait, riant silencieusement d'elle, comme il l'avait fait parfois, son beau visage en partie caché derrière une mèche de ses cheveux noirs trop longs.

Rhys Morgan dont elle avait dû prétendre être la fiancée. Pourquoi avait-elle accepté de jouer ce rôle ? Son oncle était sa seule famille, elle n'était pas attirée par les aventures sans lendemain dont se satisfaisaient les jeunes de sa génération et elle avait, en effet, épousé son travail. En partie parce qu'il la passionnait et en partie par dévouement envers son oncle qui l'avait élevée après la mort de ses parents, alors qu'elle n'était encore qu'une enfant.

Rhys Morgan, un des principaux écrivains de la collection qu'elle dirigeait. Ses œuvres, sinon leur auteur, l'avaient fascinée. Quant à Rhys, il avait été heureux de pouvoir se reposer sur son jugement. Après quelques tentatives de flirt, sans grande conviction, de la part de Rhys, leurs relations étaient restées parfaitement platoniques.

A vrai dire, Rhys n'avait eu nul besoin de faire la cour à Dellie, ni à celles qui ne tombaient pas immédiatement sous son charme, car il avait toujours eu une foule d'admiratrices recherchant ses faveurs. Quand sa poésie érotique, sans pudeur aucune, l'avait rendu célèbre, les femmes s'étaient littéralement jetées à sa tête. Il avait la réputation d'être un incomparable amoureux. Qu'il fût lui-même un enfant de l'amour et sa mère une actrice française adulée, ajoutait encore à sa légende.

L'oncle de Dellie avait eu l'idée d'annoncer les fiançailles de sa nièce avec Rhys Morgan afin de protéger celui-ci contre lui-même et de combattre sa réputation de séducteur. Une très importante tournée de conférences avait été organisée pour Rhys à travers les Etats-Unis et la présence de Dellie à ses côtés aurait dû lui éviter les tentations. Cette dernière avait été réticente, mais Rhys avait trouvé la comédie à son goût : elle lui permettait d'écarter les femmes qui l'importunaient sans l'empêcher de s'occuper de celles qui l'intéressaient.

Tout avait marché comme prévu, la compagnie de la jeune fille avait découragé la plupart des admiratrices de Rhys, mais les choses s'étaient gâtées vers la fin de la tournée qui s'était terminée en tragédie.

Pour Dellie, la mort du poète mettait fin à son rôle de fiancée. Elle ne pouvait se douter qu'il avait dissimulé la vérité, même à sa mère. Celle-ci avait écrit à Wilfred Everett pour inviter sa nièce à séjourner dans son château du Massif central, afin d'examiner les liasses de poèmes inédits et autres documents que Rhys lui avait expédiés au cours des années. La vieille dame ne consentait pas à envoyer ce matériel en Angleterre et ne voulait recevoir chez elle que la fiancée de son fils dont elle se réjouissait de faire la connaissance.

— Je refuse absolument, avait-elle déclaré à son oncle quinze jours plus tôt. Ne te rends-tu pas compte de ce qu'elle doit penser de moi ? Tu sembles oublier que je suis la dédicataire de son dernier recueil de poèmes, les plus osés qu'il ait jamais écrits.

— Nous savons tous que tu n'étais pas sa muse. Il t'a

trouvée rafraîchissante après tous ces vampires femelles, tu l'as beaucoup aidé à mettre le livre en forme. C'est pourquoi il t'a dédié l'ouvrage.

— Mais sa mère l'ignore. Elle s'imaginera d'autres raisons. Je suis sûre qu'elle me prend pour une dévergondée.

— Eugénie de Briand est la dernière personne que cela pourrait choquer. Son aventure avec le père de Rhys Morgan a défrayé la chronique à l'époque ! Ce fut la plus célèbre d'une décennie qui en a pourtant connu beaucoup. Imagine la sensation : la plus adulée des actrices françaises abandonne son mari, son jeune fils et surtout sa carrière pour l'amour d'un auteur dramatique sans le sou, de surcroît un Gallois… non, elle ne pense certainement pas que tu es une fille légère.

— Et le reste de la famille ?

— Elle vit seule dans son château en Auvergne. Il y a des années qu'elle n'en est pas sortie. Accepte, Dellie, tu feras une bonne action. Elle est solitaire et se réjouit de faire la connaissance de celle que son fils a aimée.

— Celle qu'elle imagine aimée par son fils, corrigea Dellie, qui finit pourtant par accepter.

— Miss Everett ?

La question tira Dellie de sa songerie. Elle se retourna, souriante, sachant qu'il s'agissait du chauffeur de son hôtesse. Un homme très grand la dévisageait sans aménité, avec des yeux noirs violacés rappelant la couleur de la roche basaltique environnante.

— Etes-vous au service de Mme de Briand ?

Il ne répondit pas, se bornant à examiner d'un œil critique les vêtements trop élégants qu'elle avait jugé bon de porter en l'honneur d'Eugénie de Briand. Son regard se posa ensuite sur les deux grosses valises, signe qu'elle avait l'intention de s'installer longtemps au château pour dépouiller les documents de Rhys.

Cet accueil glacial avait mis Dellie mal à l'aise. Tout en s'efforçant de surmonter son trouble, elle examinait celui qui avait été envoyé à sa rencontre. Quelque chose dans son visage ressemblait aux montagnes se dressant derrière lui, quelque chose de primaire, de rude. Il avait un aspect rocailleux, des pommettes saillantes, des joues creuses. Ses cheveux trop longs dansaient dans le vent. L'homme, qui pouvait avoir dans les trente-cinq ans, dix de plus qu'elle, n'avait pas répondu à sa question. Sans doute ne connaissait-il pas l'anglais.

— Etes-vous au service de Mme de Briand? répéta-t-elle en français.

— Venez avec moi.

Il s'empara de la plus grosse des valises et se mit à marcher le long du quai sans plus s'inquiéter d'elle. Dellie était furieuse car il lui avait laissé le bagage le plus lourd. De plus elle était embarrassée par un sac de voyage et sa pochette.

— S'il travaillait pour moi, je le flanquerais à la porte, murmura-t-elle en le suivant péniblement.

Probablement était-il difficile d'engager un chauffeur convenable en cet endroit reculé de l'Auvergne, mais pourquoi Mme de Briand tolérait-elle sa mise négligée? Il portait des pantalons informes et rapiécés et une veste de cuir ayant connu des jours meilleurs. Peut-être faisait-il aussi office d'homme de peine? Avec sa carrure, il devait en être capable! Dellie espérait que ses manières abruptes n'étaient pas typiques de toute la domesticité du château. Si tel était le cas, cela lui promettait quelques semaines inconfortables.

L'homme marchait à longs pas. Dellie devait presque courir pour ne pas se laisser distancer. Elle trébucha sur le sol pierreux et se tordit la cheville, au moment où il s'arrêta à côté d'une antique Renault. Il se retourna pour l'observer, mais ne fit pas mine de l'aider. Elle avançait lentement, tâchant de conserver sa dignité et de ne pas boiter, agacée de n'avoir pas pensé à mettre des chaussures de marche.

Quand elle parvint à la voiture, il avait rangé la valise dans le coffre et tenait la portière du passager ouverte, attendant qu'elle s'installât. C'est ce qu'elle aurait fait normalement, se bornant à hausser les épaules devant cette désinvolture, mais l'attitude du personnage l'avait mise hors d'elle.

— Je vais m'asseoir derrière, déclara-t-elle, oubliant qu'il ne comprenait pas l'anglais.

Il ne répondit pas. Dellie aurait pu se répéter en français, mais elle était trop exaspérée. Elle jeta sa valise sur le siège avant, ouvrit brusquement et monta à l'arrière.

Le chauffeur claqua la portière avant, fit le tour du véhicule et s'installa au volant sans même prendre la peine de fermer l'autre porte. Dellie, outrée de cette insolence, la claqua aussi, de toute sa force, déposa son sac sur la banquette après avoir écarté une vieille couverture pas très propre et se carra dans le coin opposé au conducteur. L'homme restait immobile, les mains crispées sur le volant, comme s'il déployait un immense effort pour garder son calme. Etait-il vexé qu'elle se fût adressée à lui en anglais ? Supposait-il recevoir des excuses ? Dans ce cas il pourrait attendre longtemps...

L'attente se prolongeant, la situation en devenait ridicule. Dellie cherchait dans sa mémoire une expression française cinglante pour lui donner l'ordre de démarrer, mais n'en trouvait aucune.

— Je suis prête, finit-elle par dire.

Sans un mot, il mit le contact et passa la marche arrière. Dellie remarqua alors ses mains fines, peu en rapport avec le reste de son apparence. Il se retourna pour effectuer la manœuvre et son regard, chargé de malveillance, se posa un instant sur elle.

Dellie songeait à se plaindre à Mme de Briand de l'attitude inadmissible du domestique mais elle abandonna cette idée : ce serait une manière peu délicate d'inaugurer son séjour au château. Elle décida de se venger de lui d'une façon inoffensive, pour sa satisfaction personnelle.

— Vous n'êtes qu'un grossier personnage, insolent et vulgaire, dit-elle en anglais, articulant soigneusement chaque syllabe, mais sur le ton le plus doux.

C'était une réaction enfantine, mais qui la soulagea. La voiture traversa Saint-Just-Le-Haut, rebondissant sur les pavés. La localité paraissait sortir tout droit du moyen âge. Rhys avait déclaré un jour que le cœur de la France s'était retiré dans le Massif central. Dellie comprenait maintenant ce qu'il avait voulu dire.

Quant à l'homme qui conduisait, il aurait pu sortir lui aussi des pages d'un livre d'histoire médiévale. Un de ces cruels seigneurs, faucon au poing, rêvant de pillage ou prêt à dévaler la colline pour foncer sur de malheureux pèlerins et les rançonner. « Je divague, se disait Dellie, je devrais plutôt l'imaginer comme un manant gardant quelques misérables chèvres ou dormant dans sa hutte avec les cochons et les poules. »

Le véhicule avait franchi les murs. La route grimpait dans la montagne, bordée à gauche par un bois de hêtres rouges et de chênes, à droite par des pâturages descendant jusqu'à la rivière. Ils croisèrent un paysan portant une superbe paire de moustaches broussailleuses et, soudain, quittèrent la chaussée pour prendre un étroit chemin escarpé se faufilant entre les rochers.

Bientôt, Dellie aperçut dans le lointain la masse sombre d'un château accroché à flanc de côteau. La curiosité fut plus forte que son ressentiment et elle s'adressa au chauffeur, choisissant soigneusement ses mots afin qu'il ne pût se moquer de son français.

— Est-ce le château, là-haut ?

— Apparemment, rien ne vous échappe, répondit-il, en anglais, sur un ton sarcastique.

Le rouge de la confusion lui monta au visage. Il maîtrisait donc parfaitement l'anglais ! Un Français ne possédant qu'un anglais scolaire aurait répondu « yes » ou « O.K. »

— Je suis navrée de vous avoir traité d'insolent, mais pourquoi ne pas m'avoir dit que vous parliez ma langue ?

— Pourquoi l'aurais-je dit ?

— Cela me semble évident ! A moins que vous n'ayez eu délibérément l'intention de me rendre ridicule.

— Vous vous débrouillez fort bien sans mon aide, rétorqua-t-il, de façon indiscutablement discourtoise.

— Qu'insinuez-vous exactement ? Je ne pense pas que vous soyez le chauffeur, sinon vous ne vous permettriez pas de me parler de la sorte.

Il ne répondit rien. Après un moment de silence, elle revint à la charge :

— Travaillez-vous au château, oui ou non ?

— Une partie du temps, se borna-t-il à dire sur un ton peu encourageant.

— Qu'y faites-vous ?

— Cela vous regarde-t-il ?

La rebuffade laissa Dellie bouche bée. Comment cet homme osait-il se montrer impoli à ce point ? « Il est vrai que je l'ai traité de grossier personnage, songea-t-elle, mais ne l'a-t-il pas cherché ? De plus je m'en suis excusée et pourtant chacune de ses phrases est chargée de mépris. »

Dellie n'avait jamais été femme à se laisser malmener

sans réagir. Elle s'efforça de conserver son calme, mais repassa à l'attaque :

— Bien entendu, cela me regarde. Je vais demeurer quelque temps au château et vais donc être en contact avec tout le personnel, vous compris, même si vous n'y travaillez qu'à mi-temps. Je ne m'intéresse pas particulièrement à vos activités, mais je tiens à vous éviter dans la mesure du possible. Je n'aimerais pas avoir à me plaindre de votre conduite à Mme de Briand.

— Ni moi de la vôtre.

Dellie crut étouffer de rage quand elle entendit cette réponse cinglante. Elle remarqua une nouvelle fois que l'homme était tendu. Les jointures de ses doigts étaient blanches tellement il serrait le volant avec force. Elle eut l'impression que, comme elle-même, il déployait de grands efforts pour ne pas laisser éclater sa colère. Pourquoi la détestait-il autant ? Qui était cet odieux individu ? Certainement pas un chauffeur, elle en était maintenant persuadée. Ses ongles étaient trop soignés pour cela. Etait-il l'intendant de Mme de Briand ? Non, il était trop fruste pour occuper cette position et son apparence donnait à supposer qu'il passait beaucoup de son temps en plein air. Quel que fût son rôle au château, Dellie décida de relever son impertinence.

— Etes-vous toujours aussi insolent ? Je ne pense pas que vous osiez vous adresser de pareille manière à votre maîtresse, Mme de Briand ne le tolérerait pas. Franchement, j'estime votre comportement inadmissible et incompréhensible.

— Mademoiselle, répondit-il sur un ton acide, comme vous n'êtes pas ma maîtresse et qu'il y a peu de chance que vous le deveniez jamais, ce que vous pouvez penser m'indiffère absolument.

Cette réponse à double sens la fit rougir jusqu'à la racine des cheveux. Elle se mordit les lèvres pour s'empêcher de répliquer. Elle ne voulait pas lui accorder la satisfaction de réagir comme une femme prude. Peut-être avait-il en effet des aventures ? Les hommes possédant ce magnétisme animal et cette virilité rude séduisent certaines malheureuses, mais quelle audacieuse effronterie d'oser la comparer, ne fut-ce qu'un instant, à ce genre de créature !

Encore tremblante d'indignation, Dellie se résolut à ignorer le malotru et tourna son attention vers le château, maintenant clairement visible. Il était accroché au rocher, comme s'il en était sorti, ce qui n'était pas loin de la vérité car il était construit de blocs de lave sombre, ainsi que la plupart des châteaux et des églises de cette partie du Massif central. Austère et solitaire, flanqué de quatre tours d'angle aux toits en poivrière, il dominait la vallée de sa masse imposante.

Quand ils parvinrent enfin au château, Dellie avait presque retrouvé son sang froid. Un coup de peigne, un peu de rouge à lèvres, une touche de fard sur les joues, un soupçon de parfum, elle était prête à affronter Mme de Briand.

Dans la cour, la voiture eut un hoquet et le moteur cala, heureusement non loin du grand escalier. Le chauffeur murmura une imprécation, sortit et fit le tour du véhicule. Le temps d'un instant, elle imagina qu'il allait lui ouvrir la portière. Au lieu de cela, il souleva le couvercle du coffre et en retira la valise. Toujours assise à sa place, elle le vit déposer ses bagages devant la porte de la demeure. Dellie ne réussissait pas à comprendre comment Mme de Briand pouvait garder à son- service un individu pareil. Elle commençait à regretter d'avoir accepté cette mission délicate sans s'être davantage renseignée sur les difficultés qui se présenteraient.

Comme pour dissiper ses craintes, le lourd portail de chêne du château s'ouvrit afin de laisser passer une femme courtaude, vêtue de noir, avec un tablier blanc.

Tout sourire, elle dévala les marches, et lui tendit les bras.

— Mademoiselle Everett, soyez la bienvenue. Je suis Ernestine, la gouvernante de Mme de Briand. Madame guettait le bruit de la voiture. Vous venez plus tard que prévu, avez-vous dû attendre longtemps à la gare ?

— J'ai patienté un peu, mais ce n'est pas grave. Je suis heureuse d'être enfin arrivée et je suis ravie de faire votre connaissance, Ernestine.

— Vous devez être fatiguée, après un si long voyage. Votre chambre est prête et j'ai prié d'y faire du feu. Je suppose que vous voudrez vous rafraîchir ? Ensuite je vous conduirai auprès de Madame.

La gouvernante était chaleureuse. Dellie, rassérénée, lui rendit son sourire et la suivit. L'homme avait disparu avec ses bagages, ce qui la contraria. Elle aurait préféré les transporter elle-même, aussi éloignée que soit sa chambre, plutôt que d'avoir à y accueillir ce grossier personnage.

L'entrée était immense. Dellie s'était attendue à la trouver sombre, mais elle était baignée de lumière. En face du grand escalier en pierre, une immense fenêtre à meneaux avait été ouverte dans la muraille, sans cependant retirer à l'endroit son atmosphère médiévale. Elle avait le souffle coupé par la beauté du lieu et ne sut retenir son enthousiasme.

— Que c'est magnifique !

Ernestine lui décocha un sourire éclatant et se lança, avec un orgueil de propriétaire, dans le récit de l'histoire du château. Les deux femmes traversèrent le hall et gravirent les marches usées par les générations, mais à mi-hauteur, Dellie s'arrêta pour reprendre sa respiration. Par la fenêtre, elle apercevait une partie de la cour et du jardin. A cette époque de l'année, les rosiers étaient encore protégés des gelées matinales par un écran de paille.

Les murs dominant la cour l'étonnèrent : là aussi de larges baies avaient été ouvertes. La demeure avait évidemment été profondément rémaniée, mais les architectes avaient pris soin de conserver à l'extérieur son apparence moyenâgeuse.

— Je vois que Mme de Briand a procédé à de nombreuses améliorations, s'exclama Dellie, et avec beaucoup de goût. Elle doit aimer s'entourer de belles choses.

Ernestine lui lança un bref regard interrogateur.

— Monsieur Rhys vous a-t-il beaucoup parlé de Madame ?

— Oui, Ernestine, bien entendu ! répondit Dellie, ne voulant pas avouer qu'en réalité il ne lui avait jamais rien dit de sa mère.

— Oui, c'est vrai. Madame a toujours aimé la beauté.

Ernestine poussa un grand soupir et ajouta :

— Même maintenant...

Avant que Dellie eût le temps de s'interroger sur la signification de cette remarque, la gouvernante avait repris sa montée. En haut de l'escalier, elle enfila un long corridor décoré de tapisseries anciennes représentant des scènes de chasse, ouvrit une porte et s'effaça pour laisser passer Dellie.

— Voilà ! Vous êtes chez vous.

Dellie entra, n'en croyant pas ses yeux. La pièce était vaste. Contre le mur, se tenait un lit à colonnes massif, recouvert de soie jaune ; sur le sol s'étalait un épais tapis de laine dorée ; sur une table de style, des fleurs fraîchement coupées étaient disposée harmonieusement.

— Etes-vous contente ? interrogea Ernestine.

— Oui, la chambre est magnifique, et me semble très confortable.

Dellie était enchantée. Si l'examen des documents de Rhys nécessitait un mois ou deux de travail, ou même davantage, au moins pourrait-elle se réfugier de temps à autre dans ses appartements. Les fenêtres ouvraient sur la cour ; sur le mur d'en face, des arbres fruitiers en espalier brillaient sous les derniers rayons du soleil ; une porte entrouverte donnait sur une salle de bains carrelée, moderne et immaculée.

Le sourire la quitta quand elle aperçut ses deux valises à côté de l'armoire. *Il* était donc venu ici, il savait quelle était sa chambre. Et de nouveau la même question lui vint à l'esprit : *Qui* était-il exactement ?

Pendant un instant, elle joua avec l'idée de questionner Ernestine, mais quelque chose la retint. Elle finirait bien par l'apprendre. Poser la question à la gouvernante serait gênant : elle se demanderait pourquoi le chauffeur ne s'était pas présenté à la gare et cela ne pourrait qu'exciter sa curiosité. Elle risquerait de poser des questions auxquelles Dellie n'était pas prête à répondre. Comment expliquerait-elle à Ernestine l'antagonisme qui les avait immédiatement dressés l'un contre l'autre, alors qu'elle ne s'en justifiait pas elle-même les raisons ? Cédant à une impulsion irraisonnée, Dellie demanda à l'employée la clé de la chambre.

— Voilà, Mademoiselle, dit-elle en prélevant une clé à un trousseau qu'elle portait autour du cou, comme un long collier, mais il n'est pas nécessaire de vous enfermer. Vous êtes parfaitement en sécurité ici. Enfin, si vous y tenez...

Elle remit la clé à Dellie, en haussant les épaules, ne comprenant pas la réaction de l'étrangère.

— Je passerai vous prendre pour vous conduire auprès de Madame. Aurez-vous assez d'une demi-heure pour vous préparer ? Ensuite, il sera temps de passer à table.

— Merci, Ernestine, cela me convient. A tout à l'heure.

Dellie ferma la porte derrière la gouvernante et tourna la clé dans la serrure. En retirant ses vêtements, elle se surprit à chantonner. Après tout, le château était admirablement situé, sa chambre confortable, et le travail qui l'attendait, probablement passionnant. Oubliant sa cheville meurtrie, elle esquissa un pas de danse en envoyant ses habits aux quatre coins de la pièce, alors qu'elle était habituellement méticuleusement ordonnée.

L'eau était à la bonne température, les sels de bain agréablement parfumés. Elle se délassa longuement dans la baignoire, effaçant toute la fatigue du voyage. Soudain, elle se rendit compte qu'Ernestine allait venir la chercher incessamment. Elle se précipita hors du bain et se sécha fébrilement.

Quelle robe choisir ? Elle se drapa dans une serviette couleur champagne et, pieds nus, les cheveux encore humides, se mit à fouiller dans sa valise. On frappa. Ernestine venait la chercher et elle était loin d'être prête ! Elle déverrouilla la porte et l'ouvrit toute grande.

C'était... *lui* ! Il planta ses yeux dans les siens puis son regard fit le tour de la chambre, prenant note du désordre. Ensuite, il la regarda de la tête aux pieds avec une lenteur délibérée. Dellie devint écarlate. Qu'il était ennuyeux d'être incapable de dissimuler ses émotions...

— Vous ! Que faites-vous ici ?

Elle retenait le drap de bain d'une main tremblante, essayant de retrouver sa dignité.

— Vous aviez oublié votre sac de voyage dans la voiture. Vous n'imaginez pas qu'autre chose pourrait m'attirer dans vos appartements, n'est-ce pas ?

La dominant de toute sa hauteur, Dellie se sentait toute petite, il la fixait d'une manière impertinente. Elle restait sans voix, mais ne détournait pas le regard, refusant de lui montrer combien elle était outragée. L'homme lui paraissait différent, plus civilisé et aussi plus grand. Elle se rendit compte que cette transformation venait des vêtements qu'il portait : chemise de soie beige, cravate bleu ciel impeccablement nouée, complet de velours indigo foncé, presque noir, indiscutablement coupé sur mesure. Sous cette enveloppe rassurante, elle percevait la vraie nature de son interlocuteur, primitive, volcanique, dangereuse...

Et elle ne savait toujours pas *qui* il était !

— Merci, posez-le là, ordonna-t-elle en indiquant d'un geste dédaigneux un emplacement près de la porte.

Elle ne voulait pas prendre le bagage qu'il lui tendait, craignant de laisser glisser de drap de bain. Il leva les sourcils pour souligner son expression étonnée et moqueuse.

— N'essayez pas de me faire croire que cela vous dérangerait de perdre ce morceau d'étoffe ! De vous, je ne m'attendais pas à cette fausse pudeur.

A cet instant, Dellie comprit qu'il avait lu les poèmes de Rhys et l'accablante dédicace : elle en fut davantage bouleversée qu'elle ne voulait bien l'admettre. Mais cela n'expliquait pas son hostilité ouverte. « En tout état de cause, ma moralité ne le regarde pas, se dit-elle, je ne vais pas m'abaisser à proclamer mon innocence, d'autant qu'il n'est lui-même visiblement pas un enfant de cœur. »

— Je ne permets pas à n'importe qui de porter un jugement sur ma pudeur, réelle ou supposée.

— Dans ce cas, vous ne devriez pas ouvrir votre porte à n'importe qui lorsque vous êtes presque nue.

— Soyez certain que je n'aurais pas ouvert si j'avais

su qui se trouvait derrière la porte, mais je pensais que c'était Ernestine. Maintenant déposez ce sac et retirez-vous immédiatement, je vous prie.

Pour toute réponse, il pénétra plus avant dans la pièce et posa le bagage sur le tapis. Il ne se pressait pas de partir. Au contraire, il examinait soigneusement la chambre, avec une lenteur délibérée, laissant traîner son regard sur le lit avec une insistance insultante. Finalement, son regard revint s'attarder sur Dellie.

— Je constate que vous vous sentez déjà chez vous.

— C'est bien naturel, j'ai été invitée ici et je compte y passer plusieurs semaines.

— Peut-être changerez-vous vite d'avis. La vie se déroule ici sur un rythme lent. Il n'y a rien au château d'excitant pour une fille comme vous.

— Comment sauriez-vous quel genre de personne je suis ? Quoi qu'il en soit, je suis venue ici pour travailler et non pour me distraire. Maintenant, je vous prie instamment de me laisser seule.

— Comme vous voudrez.

Il haussa les épaules et se dirigea vers la sortie. Avant de prendre congé, il se retourna et lui jeta un dernier regard méprisant.

— Nous nous habillons pour le dîner, annonça-t-il sur un ton caustique.

Il referma la porte et s'éloigna silencieusement.

Epuisée par la tension des derniers instants, Dellie s'assit au bord du lit. *Nous* nous habillons pour le dîner, avait-il dit. Et il s'était évidemment habillé pour cela. Donc *il* serait à la table de Mme de Briand.

Encore un peu tremblante, elle revint à sa valise dont elle tira une robe de velours vert foncé qui n'avait pas trop souffert du voyage. Dellie ne pouvait en dire de même pour elle...

Elle avait acheté cette toilette avant de quitter Londres, dans un moment de folie. Moulant étroite-

20

ment le buste, elle se prolongeait par une jupe en corolle. Les manches, très longues, se terminaient par une fine dentelle.

Elle se brossa vigoureusement les cheveux pour en éliminer toute trace d'humidité et décida de les laisser tomber librement sur ses épaules. Désirant paraître à son avantage devant cette femme renommée dans sa jeunesse pour sa beauté éclatante, elle se maquilla soigneusement, s'agrandissant les yeux avec un khôl rappelant la couleur de sa tenue. Quand à *lui* elle se moquait de son opinion. C'est cependant en pensant à cet homme inquiétant qu'elle souligna le dessin de sa bouche fine avec un rouge à lèvres d'un beau rubis.

Quand Ernestine frappa à la porte, elle avait eu le temps de remettre sa chambre en ordre et de chausser d'élégants escarpins vernis.

La gouvernante rayonnait de bonne humeur. Sa grosse figure ronde s'éclaira d'un large sourire quand elle vit comment Dellie s'était apprêtée pour le repas.

— Que mademoiselle est belle ! s'exclama-t-elle en applaudissant de ses mains noueuses. Monsieur Raoul va en tomber des nues !

Monsieur Raoul ! C'était donc là son nom. Mais *qui* était-il ?

2

L'immense salon souleva l'admiration de Dellie. Bien que partie intégrante du château, il n'en avait pas la lourdeur massive. La plupart des meubles étaient de style. Elle remarqua quelques pièces de marqueterie admirables. Disposés en demi-cercle autour d'une cheminée monumentale, les fauteuils et canapés profonds étaient une invitation au repos.

De vieux tapis d'orient à dominante rouge sombre étaient posés sur le parquet luisant. Le mur sur lequel s'appuyait la cheminée était entièrement lambrissé. Les trois autres, autrefois certainement en pierres apparentes, avaient été blanchis à la chaux et contribuaient à donner à ce salon une atmosphère aérée. De nombreuses toiles y étaient accrochées.

Et quelles toiles ! Dellie n'en était pas certaine, mais elle crut reconnaître un Gauguin, un douanier Rousseau et un Modigliani. Elle avait envie d'examiner de près chaque meuble, chaque bibelot, chaque peinture, mais Ernestine l'arracha à sa contemplation.

— Mme de Briand vous attend. Allez la rejoindre près de la cheminée, Mademoiselle.

La gouvernante sortit en refermant sans bruit la porte, laissant Dellie seule avec Mme de Briand. Intimidée, elle avança d'un pas hésitant vers la cheminée et s'arrêta à mi-parcours. Ernestine s'était sûrement trompée : il n'y avait personne. La châtelaine n'était probablement pas encore descendue.

— Approchez-vous de moi, ma chérie.

Dellie sursauta. Ainsi la vieille dame était bien là, probablement affalée dans un des gros fauteuils dont elle ne voyait que le haut dossier.

— Venez, Delilah. Ne soyez pas timide, je vous assure que je ne suis pas une ogresse.

La voix, profonde et chaude fit entendre un petit rire. Dellie, que l'on appelait rarement par son vrai prénom, Delilah, crut ne l'avoir jamais trouvé aussi beau.

Elle finit de traverser la pièce, les épais tapis assourdissant le bruit de ses pas et s'arrêta devant Eugénie de Briand. Comme elle l'avait pensé, son hôtesse était installée face à la cheminée, enfoncée dans un fauteuil la faisant paraître encore plus menue et fragile qu'elle ne devait être en réalité.

Dellie hésita. La voix lui avait parue amicale, mais peut-être était-ce un tour de son imagination car Mme de Briand restait parfaitement immobile. Elle ne se levait pas pour l'accueillir, et ne tournait même pas son visage vers son invitée. Sa tête était légèrement penchée en avant et ses mains diaphanes, aux veines saillantes, posées sur les genoux, paraissaient étonnamment fragiles.

— Delilah, êtes-vous ici ?

Dellie ressentit un grand choc. Elle venait de comprendre que la vieille dame était aveugle. Si ses fiançailles avec Rhys n'avaient pas été un artifice inventé par son oncle, elle l'aurait su. Elle se rendait compte qu'au fond, elle connaissait peu de chose de Rhys et pratiquement rien sur sa famille.

— Delilah, est-ce vous ?

Elle se précipita et s'agenouilla aux pieds de son

interlocutrice, la gorge nouée. Incapable d'articuler un mot, elle mit ses doigts tremblants sur ceux de son hôtesse. Après un moment, elle se ressaisit et répondit d'un ton mal assuré :

— Oui madame, c'est moi, Dellie.

La châtelaine leva une main et l'avança en direction de Dellie, balayant l'air devant elle comme pour écarter un rideau opaque qui l'aurait empêché de voir la jeune femme.

— Je suis si heureuse, vous ne pouvez savoir le bonheur que vous me procurez.

Elle tourna ses yeux éteints en direction de la voix de Dellie. Celle-ci crut n'avoir jamais vu un visage aussi beau. Eugénie de Briand était maintenant une vieille dame ; elle avait dû mettre au monde Rhys très tard. Les cheveux blancs comme neige, le visage sillonné d'une multitude de petites rides, la peau couleur vieux parchemin, tendue sur une ossature très fine, l'ensemble était d'une harmonie incomparable. Les pommettes hautes, le menton droit, le nez menu et bien dessiné, les oreilles délicates donnaient au visage de Mme de Briand une grâce tout aristocratique. La bouche étrangement jeune pour une femme aussi âgée rappelait à Dellie une autre bouche, sans qu'elle fût capable de déterminer laquelle.

— J'étais tellement désireuse de vous rencontrer, Delilah, dit-elle avec un sourire révélant de jolies dents nacrées. Bienvenue à Montperdu !

— J'ai été honorée de votre invitation, madame, et j'espère bénéficier de votre hospitalité pendant un mois ou deux.

— Bien entendu, mais j'espérais vous garder plus longtemps... sans doute est-ce trop tôt pour vous le demander.

Un voile de tristesse obscurcit les traits de Mme de Briand. Dellie, mal à l'aise, ressentait un peu de honte

24

de la comédie qu'elle s'apprêtait à jouer. Pour dissimuler sa confusion, elle s'efforça d'entretenir la conversation.

— Il faudra d'abord que je détermine quelle quantité de documents j'aurai à examiner.

La châtelaine eut de nouveau ce curieux rire de gorge tellement émouvant.

— Il y a des montagnes de papiers. Pendant toutes ces années, Rhys était toujours ici ou là, dans une chambre d'hôtel ou chez des amis, mais jamais chez lui et pendant toutes ces années il nous a envoyé ses notes pour que nous les gardions à l'abri. Il a prétendu un jour lui falloir deux valises, une pour ses vêtements et l'autre pour ses manuscrits ! Le pauvre enfant a mené une existence tellement vagabonde…

La vieille dame poussa un profond soupir.

— Je suis si triste… commença Dellie.

— N'en dites pas davantage. C'est une tristesse que nous partageons, mais vous devez en souffrir beaucoup plus que moi. Il y a si longtemps qu'il n'est plus venu ici.

— Il parlait souvent de l'Auvergne et de son désir de vous rendre visite, répondit Dellie en songeant qu'au moins cela était vrai.

— Nous avons été si heureux d'apprendre ses fiançailles. Nous avons pensé que peut-être…

Mme de Briand s'interrompit, la gorge nouée par l'émotion.

— Je suis persuadée qu'il se serait rangé, mentit Dellie sur un ton qu'elle espérait convaincant.

— Et maintenant nous devons tout apprendre sur vous, soupira la châtelaine en reposant sa tête blanche sur le dossier du fauteuil, Rhys ne nous a rien dit. Il rédigeait constamment, mais rarement une lettre. Durant toutes ces années, nous n'en avons reçu probablement qu'une demi-douzaine.

— Il avait toujours l'intention de vous écrire personnellement — encore un mensonge pieux — mais les documents qu'il envoyait ici étaient sans doute pour lui sa manière de communiquer avec vous.

— Il s'est si peu raconté — elle poussa un soupir encore plus profond — et les journaux n'étaient pas toujours... flatteurs, mais au moins ils nous révélaient quelque chose de sa vie. Les magazines et... ses livres.

Dellie serrait les poings, rouge de confusion. Heureusement Mme de Briand, qui faisait certainement allusion au dernier ouvrage de Rhys, *ce* livre, ne pouvait remarquer son embarras.

— Il vous aimait vraiment beaucoup.

Un sourire lointain, mystérieux, illumina le visage ridée d'Eugénie de Briand, comme si l'image de quelque chose de très beau avait traversé la barrière de sa cécité. Avec cette sensibilité exacerbée propre aux aveugles, elle sentit la tension chez Dellie et voulut la rassurer :

— Allons, ma chérie, ne soyez pas gênée avec moi, nous connaissons l'une et l'autre la vie.

— Mais je ne suis pas...

Dellie se mordit les lèvres. Pourquoi dire à Mme de Briand que Rhys avait pris son inspiration auprès de douzaines de femmes, différentes avec chaque ville, chaque saison, chaque humeur ? Des femmes pour lesquelles il s'était enflammé, l'une après l'autre, jusqu'à la dernière, celle du Massachusetts. Cette révélation ne pourrait que blesser encore davantage cette vieille dame qui avait déjà suffisamment souffert. Elle prit une difficile décision, releva la tête et déclara d'une voix claire :

— Je vous assure que je ne me sens pas gênée.

D'une main veinée de bleu, la châtelaine caressa machinalement son magnifique camée ovale. Elle avait l'air plongée dans un rêve.

26

— Moi aussi, j'ai été jeune et je m'en souviens.

Il y eut un silence embarrassant. Dellie cherchait des mots appropriés à la situation. Finalement, elle revint sur un terrain moins délicat :

— Rhys était doué d'un immense talent.

— Nous sommes une famille d'artistes. Son père était gallois et les Gallois ont la poésie dans le sang. Mes propres ancêtres étaient gens de lettres. C'est un héritage dont je suis fière.

— Rhys en a été digne ! s'exclama Dellie, sincère.

— Maintenant, parlez-moi de vous. Racontez-moi tout, je veux tout savoir.

— Il n'y a pas grand-chose…

Dellie s'interrompit. La porte s'ouvrait et elle était heureuse de cette diversion. Mais sa joie fut de courte durée.

L'homme qu'Ernestine avait appelé Raoul observait la scène, un sourire moqueur sur les lèvres. Après un moment, il s'approcha de la cheminée. Raoul ! Dellie avait lu quelque part que ce prénom dérivait du mot loup. Il lui convenait parfaitement car il y avait chez lui quelque chose d'un animal affamé et cruel, d'un prédateur. Mais *qui* était-il ?

Elle l'apprit aussitôt car il se pencha vers la vieille dame d'un air protecteur et lui dit gentiment :

— Maman, tu ne devrais pas laisser Miss Everett te fatiguer.

Son fils ! Le frère de Rhys ! Mais Rhys n'avait pas de frère. Puis la mémoire lui revint. Eugénie de Briand avait abandonné un enfant quand elle avait quitté son mari pour suivre le père de Rhys.

— Mais elle ne me fatigue pas ! Raoul, tu oublies tes bonnes manières et tu ne devrais pas appeler la fiancée de ton frère *Miss* Everett. N'avez-vous pas fait connaissance en revenant de la gare ? Je veux que tu dises Delilah.

Raoul redressa sa haute taille et ses yeux se durcirent.

— Alors, ce sera Delilah, annonça-t-il de mauvaise grâce.

— On dit généralement Dellie, rétorqua-t-elle un peu trop vivement.

— Pourtant Delilah — c'est bien le nom anglais de Dalila, n'est-ce pas ? — me semble mieux convenir, remarqua-t-il en prélevant une cigarette dans son paquet.

— Raoul, cesse tes sarcasmes et sers-nous plutôt un sherry. Bien évidemment nous vous appellerons Dellie, ma chérie. Prendrez-vous aussi un sherry ?

— Merci madame, volontiers.

Dellie aurait voulu gifler l'insolent. Heureusement pour lui, Mme de Briand était là. Elle fit tourner le liquide ambré dans son verre, pour essayer de retrouver son calme. Quand elle releva la tête, son regard croisa celui de Raoul qui ne dissimulait pas son mépris. Comme si elle avait perçu la tension entre les deux jeunes gens, Mme de Briand intervint d'une voix très douce :

— Nous avons beaucoup à apprendre, n'est-ce pas, Raoul ? Dellie, parlez-nous de vous.

— Il n'y a pas grand-chose à dire, répondit l'intéressée, de plus en plus embarrassée.

— Nous savons que vous travaillez pour la société d'édition de votre oncle, que vous faites en quelque sorte fonction d'agent littéraire pour plusieurs auteurs, y compris Rhys, et c'est donc ainsi que vous l'avez rencontré. Mais de vous, nous ignorons tout.

— Nous connaissons cependant un certain nombre de choses, murmura Raoul, mais elle feignit de ne pas l'avoir entendu.

— Je vis avec mon oncle et ma tante. Quand mes

parents sont morts — leur voilier a disparu au cours d'une tempête — ils m'ont recueillie.

— Quel âge avez-vous ? mon enfant. Comprenez-vous, je ne peux pas deviner ces choses-là.

— J'ai vingt-quatre ans.

— Vingt-quatre ans, c'est merveilleux ! Vous avez toute la vie devant vous. Il faudra tout me raconter, à quoi vous ressemblez, comment vous marchez, ce que vous portez...

On frappa de nouveau à la porte.

— Madame est servie.

Mme de Briand se leva précautionneusement, tendit une main dont Raoul s'empara et tourna son visage vers Dellie.

— Nous ne dînons pas dans la grande salle à manger, trop vaste pour nous seuls. Quand nous ne sommes que deux ou trois, nous utilisons une petite pièce, guère plus qu'une alcôve, mais charmante.

— Je meurs de faim, annonça Dellie en se levant à son tour.

— Cela tombe bien car chez nous, nous prenons le repas principal le soir. Une habitude que j'ai acquise dans d'autres pays.

Aidée par son fils, dont le visage était de marbre, Mme de Briand traversait le salon à petits pas.

— Vous ne m'en voudrez pas, j'espère, si j'empêche Raoul de vous offrir son bras. Vous êtes l'invitée, mais c'est malheureusement une nécessité.

— Je suis devenue une grande fille, précisa Dellie en riant.

— Même les grandes filles ont besoin parfois de s'appuyer sur un bras solide. De mon temps...

Elle laissa la phrase en suspens. Ils étaient arrivés dans ce que la vieille dame appelait une alcôve. Que devait être la grande salle à manger ? se demandait Dellie. Sur les murs, étaient encore suspendues de nombreuses toiles et une tapisserie multicolore très fine, de style contemporain. Ici aussi, elle aurait voulu pouvoir examiner longuement chaque objet.

Des chaises sculptées, merveilleusement entretenues, entouraient la table de bois massif. Sans doute Ernestine s'avérait-elle être une gouvernante redoutable... Dellie découvrit avec étonnement que les sièges n'étaient pas inconfortables.

Une servante entra, portant une soupière et servit un délicieux consommé de queue de bœuf. Dellie apprit que la domestique venait de Saint-Just-Le-Haut ; elle s'appelait Héloïse et avait été formée par Ernestine.

La conversation continua à bâtons rompus tout au long du dîner qui se révéla succulent : truite aux amandes, gigot d'agneau avec gratin dauphinois, arrosé d'un puissant vin de Cahors ; salade de lentilles vertes du Puy et de cerfeuil ; quelques fromages de la région, Cantal, Laguiole, Fourme d'Ambert — des découvertes pour Dellie qui ne connaissait que le Cantal — ; framboises fraîchement cueillies nappées de crème.

Raoul restait silencieux. Il semblait déterminé à ignorer Dellie, ce qui convenait parfaitement à celle-ci. Mᵐᵉ de Briand, en revanche, bavardait sans contrainte, probablement heureuse d'avoir une interlocutrice nouvelle. Dellie faisait honneur au repas tout en écoutant les anecdotes dont son hôtesse paraissait posséder une collection inépuisable. Elle évitait soigneusement de regarder au bout de la table, de crainte de rencontrer le regard noir et insolent qu'elle avait déjà appris à craindre.

— Ma chérie, vous me laissez discuter de nous, du château, de l'art, mais c'est vous que j'aimerais entendre.

La châtelaine avança un doigt pour repérer l'emplacement de sa tasse de café. Elle se débrouillait admirablement seule. On en oubliait qu'elle était aveugle.

— Raoul, verse un cognac pour Dellie. Non ? Alors une liqueur ? Vous devriez goûter celle qui est fabriquée non loin d'ici, la Verveine du Velay. Cela vous rappellera la Chartreuse que vous connaissez sûrement. Enfin c'est à vous de décider. Raoul, un Grand Marnier pour moi, s'il te plaît.

Des deux verveines proposées, la verte et la jaune, la jeune fille choisit la plus pâle et la trouva agréablement parfumée, mais trop sucrée à son goût. Inexplicablement, elle en voulut à Raoul qui, lui, dégustait un Armagnac. Elle regrettait de ne pas l'avoir imité.

— Maintenant, parlons de vous, annonça Mme de Briand d'une voix décidée. Il faut pardonner la curiosité d'une vieille femme. Il m'est d'autant plus difficile de la réfréner que je n'y vois plus.

— Que désirez-vous savoir ? demanda l'intéressée avec un petit rire craintif, espérant que les questions ne prendraient pas un tour trop personnel.

— Commencez par vous décrire.

— Je porte une robe verte.

— Mais comment êtes-vous ?

— Je suis grande et j'ai des cheveux roux.

— Cela ne va pas, s'écria Mme de Briand en esquissant un geste d'impatience. J'ai eu à Paris une domestique correspondant à cette description. Vous êtes trop modeste ! Elle ne deviendrait jamais un bon écrivain, n'est-ce pas, Raoul ?

— Je suis assez mince, dit-elle encore.

— Mais votre voix n'est pas fluette et ce n'est pas non plus celle d'une domestique. Je veux en savoir davantage, mais je m'aperçois que vous ne souhaitez pas m'aider.

Elle se tourna vers l'extrémité de la table où Raoul était assis.

— Raoul, je suis contrainte d'avoir recours à toi. Tu seras mes yeux. Décris-la moi.

— Je suis sûr qu'elle en serait parfaitement capable si elle voulait faire l'effort, remarqua-t-il d'un ton neutre.

Mais toute son expression traduisait une intense désapprobation.

— Pas du tout, elle n'en est visiblement pas capable. Raoul, quelle est la couleur de sa chevelure ? Pas seulement rousse, je suppose.

Il la déshabilla du regard avec une lenteur calculée puis la fixa insolemment en s'appuyant confortablement au dossier de sa chaise. Cet examen rendait Dellie de plus en plus mal à l'aise. La moue méprisante de Raoul disparut pour faire place à un sourire ironique.

— Les cheveux, voyons. Blond vénitien, un pur tableau de Titien. Ils ne sont certainement pas teints, et longs, jusqu'aux épaules. Ils sont trop lourds pour onduler, mais le feraient s'ils étaient coupés plus court. J'utiliserais un peu d'or si je devais peindre les petits cheveux, près des oreilles.

Dellie était rigide et s'efforçait de ne pas trahir son embarras en rougissant.

— L'épiderme est très fin, presque transparent, rappelant la peau de chamois. Le sang lui monte facilement au visage.

Elle luttait désespérément pour ne pas lui donner raison. Jamais encore n'avait-elle ressenti une telle haine pour quiconque ! Mme de Briand esquissa un sourire indulgent.

— Jusqu'à maintenant, cela convient à sa voix. Voyez-vous, Dellie, il est parfois utile d'avoir un peintre pour fils. Continue, Raoul.

Lui ! un peintre ? Un barbouilleur sans doute. Quoi qu'il en soit l'épreuve allait s'avérer plus pénible qu'elle ne l'avait craint car il devait savoir observer.

— Les yeux sont gris, un gris très pâle. Ils devraient être différents, avec ses cheveux. C'est très étrange. Ils sont largement espacés et lui prêtent une apparence trompeuse, presque virginale.

Trompeuse ! la jeune fille serrait les poings. Ses jointures en devenaient blanches.

— Le nez est quelconque.

Elle l'aurait étranglé.

— Et la bouche, Raoul. Comment est sa bouche ?

— Beaucoup trop grande, trop généreuse. Si j'avais à la dessiner, je commencerais par lui faire essuyer son rouge à lèvres. Cela lui donne un air un peu...

— Vulgaire ? coupa Dellie, incapable de maîtriser son irritation.

— C'est vous qui l'avez dit et non moi.

La voix de son interlocuteur était franchement moqueuse. Il jouissait visiblement de son désarroi.

— Raoul, tu es trop stupide ! Les femmes ont besoin de ces petits artifices. Continue ! Le menton s'il te plaît. Je commence à la voir...

— Le menton ? Indigné pour l'instant. Il est pointé en avant. Et je remarque la pulsation d'une petite veine. Il voudrait trembler si sa propriétaire le laissait faire. A part cela, il s'avère intéressant dans le contexte. La charpente osseuse est fine et élégante, les pommettes hautes, la dentition petite, mais bien implantée. Il faudrait la peindre dans la lumière matinale.

« Par vous, en aucun cas », pensa Dellie, prise d'une envie de meurtre.

— Continue, Raoul, ne t'arrête pas au menton. Décris-moi le reste, tout le reste.

— Le reste ne vaut pas la peine que l'on s'y attarde, supplia la jeune fille, avec désespoir. Je vous en prie, madame de Briand...

— Je vous demande pardon, ma chérie. Nous arrêterons ici si vous y tenez, dit-elle d'une voix douce.

Mais la déception assombrissait ses traits. Dellie

hésita un instant avant de donner satisfaction à la mère de Rhys :

— Non, continuons. J'ai seulement l'impression d'être un papillon épinglé au mur.

— Mais une belle vanesse à ce que j'entends, remarqua la vieille dame qui avait retrouvé sa bonne humeur. Avec votre permission, Raoul va poursuivre.

— Elle est grande, trop grande à mon goût.

« C'est vraiment dommage ! » se dit Dellie en tournant son visage vers lui. Elle venait de se rendre compte qu'elle avait jusqu'à maintenant soigneusement évité son regard.

— Elle est trop mince pour figurer dans un tableau de Titien, sans parler de Rubens. A l'exception de la tête, elle ferait plutôt penser à Modigliani. Elle se déplace élégamment, mais elle est peut-être un peu trop, comment dirais-je... provocante.

Dellie se força à sourire. C'est lui qui se montrait provocant, mais elle était décidée à ne pas réagir. Pourtant elle se demandait pourquoi Raoul la détestait à ce point.

— Voyons maintenant ses mains : elles sont soignées, ses ongles révélant une bonne santé, sont polis il y a peu. De longs doigts minces, mais ni suffisamment fuselés pour une nature artiste, ni suffisamment carrés pour un esprit pratique, trahissent ses émotions. Elle a appris à contrôler les mouvements de son menton et de sa bouche, mais pas ceux de ses mains.

Dellie, qui jouait nerveusement avec des boulettes de pain, s'arrêta aussitôt.

— La robe est habilement choisie. Un velours vert sombre. J'ajouterais un peu de bleu de Prusse. Le style veut rappeler Catherine de Médicis. Très douce et très... secrète. Des manches un peu médiévales avec des poignets de dentelle : très habile, cette touche d'innocence...

Qu'il aille au diable avec ses allusions !

— Le décolleté est profond, coupé en carré, moins innocent que les manches. Un cou très blanc, sans collier. Taille haute, jupe plissée, très féminine.

La liste devrait bientôt être terminée, espérait la jeune fille. Mme de Briand souriait de satisfaction.

— Le buste sort d'une toile de Hans Holbein. Il n'est pas suffisamment généreux.

Dellie ne put empêcher le sang de lui monter au visage. Ses yeux étincelaient de colère.

— Il faut ajouter qu'elle s'enflamme facilement ; quel caractère !

Il avait prononcé ces derniers mots d'une voix légère, mais on sentait qu'il bouillait de rage. D'un geste furieux, il écrasa sa cigarette dans le cendrier.

— Merveilleux ! s'écria la châtelaine en applaudissant. Tout à fait une belle-fille selon mon cœur.

— Pas tout à fait une belle-fille, fit remarquer son fils d'un ton coupant.

— Raoul, je t'en prie, s'exclama la vieille dame sans dissimuler son irritation.

Puis elle se tourna vers Dellie.

— Pardonnez à Raoul, ma chérie. Il a des manières rustres. Pour moi, vous êtes comme ma belle-fille.

Celle-ci lança un regard meurtrier à Raoul.

— Merci, madame. J'en suis très honorée.

— Tu vois, Raoul, elle a de l'esprit. Dellie, je considère que vous appartenez à la famille. Ignorez mon fils. Il prend plaisir à se montrer grossier, mais il est foncièrement honnête. Il est incapable de mentir, même à lui-même. J'aime la peinture qu'il a faite de vous et je vous demande de m'appeler Eugénie.

La vieille dame était visiblement enchantée.

— Je suis flattée… Eugénie.

3

Un rayon de soleil éveilla Dellie. Elle se retourna et enfouit sa tête dans l'oreiller, mais ne réussit pas à se rendormir. Elle quitta avec regret les draps doux et soyeux. Elle avait dormi sans pyjama ni chemise de nuit, comme elle en avait l'habitude. Elle passa une robe de chambre de velours rouge et s'approcha de la fenêtre.

Il avait plu pendant la nuit, rendant l'atmosphère transparente. La journée serait belle, idéale pour explorer les environs, mais Dellie n'oubliait pas qu'elle se trouvait à Montperdu pour des vacances studieuses.

Le jour se levait à peine et elle se demanda si quelqu'un était déjà levé. La réponse lui parvint de la cour où venait de pénétrer un homme trapu en vêtements de travail. Il avait un bras en écharpe et portait sous l'autre, divers outils de jardinage. Avec sa main valide, il commença à enlever la paille protégeant les rosiers. Cela annonçait l'arrivée de l'été.

Dellie passa rapidement sous la douche, se frotta vigoureusement avec une serviette puis ouvrit la penderie où elle avait rangé ses vêtements, la veille, avant de se coucher. Elle en sortit une jupe de velours côtelé vert bronze et un épais chandail de laine fauve. Elle quitta son déshabillé et s'examina sans complaisance dans la grande psyché installée à côté de l'armoire. La manière dont Raoul avait critiqué ses formes l'irritait encore. L'image renvoyée par le miroir ne lui déplut pas. « Buste insuffisamment généreux », avait-il dit ! Pourtant, libérée de l'étroit corsage, sa gorge était délicieusement enflée. Sans doute, aurait-elle dû choisir une autre robe pour le dîner de la veille.

D'un geste décidé, elle remit l'épais chandail dans l'armoire et en sortit un autre, très fin, à col roulé, couleur crème. Elle rangea son soutien-gorge dans un tiroir. Elle allait lui montrer si vraiment elle manquait de formes ! A vrai dire, quand elle eut enfilé le nouveau pull-over, elle en eut presque honte, tellement il était révélateur.

Dans le hall, elle rencontra Ernestine et lui proposa, afin de ne pas bouleverser les habitudes du château, de prendre son petit déjeuner ultérieurement, en compagnie de Mme de Briand.

— Madame ne descend généralement que beaucoup plus tard. Vous pouvez manger maintenant. M. Raoul le fait toujours quand il en a envie. Aujourd'hui il a terminé il y a une heure.

— Pourrais-je me restaurer à la cuisine ? J'aimerais beaucoup la voir.

— La cuisine ? demanda Ernestine d'un air choqué, bien sûr, je vais y conduire Mademoiselle, mais Mademoiselle s'installera dans la petite salle à manger.

La cuisine était vaste, immaculée. Une impressionnante collection de sauteuses, casseroles et marmites de cuivre luisait, accrochée au mur et posée sur des rayons. Au fond de la salle, trônait une immense cheminée dans laquelle on aurait pu rôtir un bœuf entier. Dellie était persuadée que tel avait été le cas quelques siècles auparavant. Au centre de la pièce, on trouvait une table monumentale d'un seul tenant, à gauche, un fourneau de cuisine et une série d'appareils ménagers modernes, à droite, des armoires et les portes ouvrant sur le cellier et l'escalier de la cave.

Une grosse femme en pantoufles, vêtue d'une vieille robe noire informe, mais portant un tablier blanc fraîchement repassé, était occupée à tailler des légumes en julienne. Elle tourna vers la jeune fille un visage revêche, orné d'un soupçon de moustache.

— Je vous présente Marie-Ange, mademoiselle. Elle est très jalouse de sa cuisine, mais c'est un exceptionnel cordon-bleu.

Dellie lui adressa un sourire engageant qui resta sans écho.

— Vous pouvez être rassurée, Marie-Ange, je suis une détestable cuisinière, mais j'apprécie la bonne chère. Je ne viendrai jusqu'ici que pour vous féliciter.

Quand elles quittèrent Marie-Ange, le visage ingrat de cette dernière était illuminé par une expression radieuse.

— Moi-même, je n'ose pas toucher à ses repas. C'est son domaine réservé.

— Qui est cet homme que j'ai vu travailler dans le jardin ? demanda la jeune fille à Ernestine tout en attaquant une copieuse collation.

— C'est Gaspard, le chauffeur-jardinier dont M. Raoul a dû vous parler hier. Il est tombé au moment où il allait partir vous chercher à la gare. Heureusement ce n'est pas grave, mais M. Raoul a dû prendre la vieille Renault qu'il n'aime pas conduire. Vos bagages n'auraient pas tenu dans sa voiture.

Cela expliquait la présence de Raoul à la descente du train. Elle mangea une énorme tartine de confiture, but une tasse de café au lait et en vint à l'objet de sa mission :

— M. Rhys a fait parvenir au château, au fil des années, des manuscrits et des documents. Etes-vous au courant ?

38

Ernestine acquiesça d'un signe de tête en lui jetant un regard ambigu. « Elle aussi a lu le dernier livre de Rhys, se dit Dellie, probablement à haute voix pour Mme de Briand. »

— J'aimerais commencer à les regarder après le petit déjeuner. Pourriez-vous me montrer où ils se trouvent ?

— Non, mademoiselle, je suis désolée, mais ce n'est pas possible. M. Raoul détient la clé.

— Où puis-je le trouver ?

— J'ignore quand il reviendra. Il est parti tôt ce matin avec sa voiture.

Dellie sentit une irritation monter en elle : une réaction dont elle commençait à prendre l'habitude ! Raoul savait parfaitement qu'elle était venue à Montperdu pour examiner les papiers de Rhys. Il aurait au moins pu laisser la clé à sa disposition...

Il faisait beau. Pourquoi attendre quelqu'un ne rentrant peut-être que le soir ? Autant oublier le travail et profiter de la journée pour se promener.

Elle monta dans sa chambre mettre des chaussures de marche et descendit dans la cour. Le soleil était beaucoup plus chaud que la veille et même la masse sombre du château semblait plus gaie. En traversant la cour pavée avec précaution — plus de cheville tordue aujourd'hui ! — Dellie sentait sa bonne humeur la gagner.

Le chemin empierré était encore humide, parsemé de nids de poule remplis d'eau. Sur le flanc du talus couraient encore de petits ruisselets et on entendait au loin le chant d'un oiseau, peut-être un merle d'or.

On avait fait sauter le rocher pour faire place au sentier qui, dans un tournant, était encadré de murailles de lave verticales sur lesquelles quelques touffes de genêt avaient réussi à pousser. La voie, mal entretenue, avait dû être plate autrefois, mais la circulation des voitures l'avait creusée profondément et il n'était plus possible d'y marcher qu'au centre. Dellie avait l'impression d'emprunter un tunnel, d'autant plus que le soleil ne parvenait pas jusqu'ici.

Soudain, le silence fut troublé par un bruit de moteur. Un véhicule avançait rapidement. Ne se souvenant pas si l'étroite route rocailleuse était longue ou non, elle prit le parti de revenir sur ses pas. Avec de la chance, elle parviendrait au bout du passage dangereux avant la voiture.

Dans sa hâte, elle ne prit pas garde à une grosse pierre, trébucha et se tordit de nouveau la cheville. Elle entendit deux rapides changements de vitesse successifs et, non loin derrière elle, le vrombissement d'un moteur. Elle fit alors la seule chose possible : elle grimpa jusqu'au pied de la paroi rocheuse et, agrippant un bouquet de genêt, tenta de se hisser assez haut pour laisser place au véhicule. Celui-ci passa à toute vitesse en la frôlant et s'arrêta un peu plus loin en zigzaguant, dans un grand bruit de freins.

A ce moment précis, la plante s'arracha, elle dégringola et tomba lourdement sur le sol, suivie par une petite avalanche de terre et de cailloux. Son cœur battait à tout rompre et elle avait peine à reprendre son souffle. Etendue sur le dos, la jupe remontée au-dessus des genoux, elle jeta un coup d'œil sur la voiture ayant failli l'écraser. Elle s'était attendue à voir la vieille Renault, mais c'était un cabriolet de sport rutilant. Avant même que le conducteur s'en extraie, elle savait que ce serait Raoul.

Il courut vers elle, tel un ange exterminateur, le visage déformé par la colère.

— Espèce de folle ! Vous auriez pu vous tuer.

Il se tenait au-dessus d'elle, les prunelles étincelantes, mais n'esquissait aucun geste pour l'aider à se relever.

— C'est vous qui conduisez comme un fou, hurla-t-elle.

Elle essaya d'enlever les cailloux qui s'étaient glissés sous ses vêtements déchirés et continua sur le même ton :

— Espèce de fou, où pensez-vous que j'aurais pu me réfugier quand vous avez surgi comme une bombe ?

— Vous devriez apprendre à utiliser vos yeux.

D'un geste du bras, il lui indiqua une infractuosité dans la paroi rocheuse de l'autre côté du chemin, partiellement cachée par un bouquet de genêt y ayant élu domicile.

— Il y a de ces refuges de place en place tout au long du chemin. Les gens doués de bon sens s'y mettent à l'abri quand ils entendent une voiture approcher.

Encore tremblante à la pensée de ce qui avait failli lui arriver, Dellie se releva et examina les dégâts. Sa jupe maculée de boue était déchirée ; heureusement, son manteau — le seul qu'elle avait apporté d'Angleterre — était intact. En revanche, une de ses chaussures s'était détachée pendant qu'elle s'accrochait au genêt et avait été écrasée par les pneus. Elle la ramassa et la lui brandit sous le nez.

— C'est tout ce que vous trouvez à dire ? Cela aurait pu être moi !

— La perte n'aurait pas été grande. Je suis malgré tout heureux que vous ayez échappé au pire, cet accident m'aurait provoqué de nombreux ennuis. Venez, je vais vous reconduire au château. Vous prenez plaisir à vous tordre les chevilles, me semble-t-il...

Ainsi, il avait remarqué sa chute, la veille ! Il s'avança et la prit par le coude. Elle s'écarta, comme brûlée, et marcha en boitillant vers le cabriolet. « Il est bien difficile d'avoir l'air digne avec un soulier en moins », se disait-elle.

Raoul éclata de rire. Dellie eut de nouveau, comme hier, une envie de meurtre. Il était responsable et avait l'impudence de s'esclaffer de son état. Jamais elle n'eût pensé pouvoir haïr quelqu'un aussi intensément.

Il la rattrapa et alla tranquillement s'installer au volant sans plus s'occuper d'elle, attendant qu'elle l'ait rejoint et qu'elle ait ouvert elle-même la portière.

Il avait remis le moteur en marche avant même qu'elle se fût assise. Aussitôt qu'elle eut claqué la porte, de toute sa force, il embraya et le véhicule bondit. Dellie fut projetée contre le siège.

— Vous jouez au mâle autoritaire et sûr de lui ; vous croyez toujours avoir raison.

— C'est parfaitement exact. Pour une fois, je suis totalement d'accord avec vous, répondit-il en négociant à plein régime une courbe difficile.

Dellie grinça des dents mais, cependant, sut se taire. Elle examina la voiture : une Porsche turbo équipée de sièges baquets soutenant fermement le corps, ce qui n'était pas inutile étant donné la manière dont il conduisait.

Dans la cour du château, Gaspard travaillait à la vieille Renault, capot relevé, avec son bras valide. Raoul freina brusquement et sortit du cabriolet sans avoir ajouté un mot. Il se pencha à l'intérieur du véhicule, ramassa une torche électrique déposée derrière son siège et s'éloigna. Dellie était ivre de rage. Il n'avait pas eu une seule parole pour s'excuser, le grossier personnage ! Elle quitta la Porsche à son tour et s'approcha des deux hommes, tenant toujours sa chaussure abîmée à la main.

Gaspard se redressa et enleva sa casquette, une vieille casquette de cuir munie d'oreillettes. Elle lui décocha un sourire. Le chauffeur-jardinier le lui rendit et se retourna vers son maître comme s'il lui demandait ce qu'il devait faire. Ce dernier ne disant rien, il se remit au travail. Quant à Raoul, il continuait à ignorer superbement la présence de Dellie.

— Vous pourriez au moins nous présenter.

— Gaspard, voici Dalila.

L'insulte était parfaitement intentionnelle. Le domestique se releva de nouveau, retira sa casquette et la tordit nerveusement, ne sachant comment dissimuler son embarras.

— Mlle Everett, finit-il par déclarer.

Elle lui esquissa un grand sourire avant de s'adresser à Raoul.

— Il me faut avoir accès à ces papiers.

Son ton était abrupt, mais son interlocuteur continuait à s'occuper imperturbablement de dépanner la vieille voiture.

— Pardon ? dit-il après un long moment.

— J'ai besoin de la clé, tout de suite.

Il sortit la tête du capot et planta ses yeux dans les siens.

— Vous ne donniez pas l'impression d'en avoir un besoin urgent il y a une demi-heure. Si j'ai bien compris, vous aviez l'intention de faire une promenade matinale.

— Puisque je suis de retour, grâce à vous, je vous prie de me la remettre.

Il se redressa tout à fait et haussa les épaules.

— Gaspard, tâche de continuer sans moi. Je reviendrai dans un instant.

Quand ils arrivèrent dans le hall, Ernestine se précipita vers elle et lui prit le manteau des mains.

— Vous vous êtes mise dans un bel état, mademoiselle. Vous devriez aller vous changer.

La gouvernante avait raison. La jeune fille regrettait d'avoir insisté pour obtenir la clé. Effectivement elle aurait mieux fait de se laver et de modifier sa tenue, mais son compagnon attendait à la porte de son bureau, montrant une patience ostentatoire. Elle retira sa seconde chaussure et le rejoignit, pieds nus.

Il la fit entrer, referma et s'installa derrière un grand bureau de chêne. Les murs étaient couverts de livres. Au pied d'un escabeau, une petite pile d'ouvrages était posée à même le tapis, un Kerman ancien passablement usé. Dans un coin de la pièce, des fauteuils de cuir étaient disposés autour d'une table basse moderne en verre fumé.

Dellie était restée debout pendant qu'il fouillait dans un tiroir du bureau. Il finit par en extraire une petite enveloppe d'où il retira deux clés. Il en mit une dans sa poche, se leva et s'approcha d'elle, la seconde à la main.

Elle tendit la main, mais en vain. Il lança la clé en l'air et la rattrapa habilement.

— Ne pensez-vous pas qu'il serait d'abord préférable de vous rendre présentable ?

Dellie était d'autant plus vexée de cette remarque que c'était exactement son propre sentiment.

— Je le ferai à mon heure. Donnez-moi la clé.

— Vous avez peine à prononcer des expressions comme « s'il vous plaît ».

Il lui adressa un petit sourire et empocha la petite pièce métallique.

— Procédons par ordre : vous avez besoin d'un bain, ensuite vous mettrez d'autres vêtements que ceux-ci. Vous n'êtes guère belle à voir dans cet état.

— Vous avez déjà décrit mes imperfections hier soir.

Dellie haletait de colère mais déployait de grands efforts pour ne pas la laisser éclater ouvertement.

— Hier soir, j'ai commis une erreur d'appréciation, me semble-t-il.

Les yeux de Raoul étaient fixés sur les rondeurs que le chandail tendu révélait, au rythme accéléré de la respiration de la jeune fille. « A quoi ai-je pensé ce matin en m'habillant ? » se disait-elle. Elle était aussi troublée par ce regard que s'il avait avancé la main pour la toucher. Personne n'avait jamais osé l'examiner de manière aussi insistante. Soudain, elle se sentit lasse et amère et se résigna à ne plus lutter.

— Si vous me remettiez la clé maintenant, je n'aurais pas à vous déranger plus tard.

— Revenez dans une demi-heure, ordonna-t-il d'un ton bourru. J'en aurai fini avec Gaspard et vous conduirai moi-même dans la salle où sont entassés les documents de Rhys.

Vingt minutes pus tard, Dellie avait pris une douche et s'était rhabillée. Elle portait maintenant un blue-jean, une chemise de coton à manches longues, à petits damiers rouge et blanc. Elle avait chaussé des tennis et rassemblé ses cheveux, encore humides, en une queue de cheval. Miss Everett n'avait plus rien de la femme fatale.

Comme elle s'y attendait, Raoul n'était pas dans son bureau. Il était encore penché sur le moteur de la Renault avec Gaspard. Lui aussi s'était changé. Il avait mis un pantalon de velours côtelé bleu clair maculé de peinture et de cambouis et remplacé sa chemise blanche par un fin maillot bleu foncé avantageant son torse puissant et ses larges épaules.

Il se releva à son approche, s'essuya les mains avec un torchon graisseux et l'examina, les poings sur les hanches.

— C'est mieux, je dois l'avouer.

— Je peux en dire autant de vous, rétorqua Dellie, déjà irritée.

— Certaines femmes ont besoin de plus d'améliorations que d'autres.

Son ton, comme ses yeux, était délibérément hostile. Dellie songea qu'elle n'arriverait à rien en tentant d'être aussi désagréable que lui et en lui répondant du tac au tac.

Il continuait à la dévisager d'un regard à la fois froid et sardonique. « Cet adversaire est redoutable, pensa-t-elle, mais il doit y avoir un défaut à sa cuirasse. »

Elle décida alors de changer de tactique.

4

Tous les documents, envoyés par Rhys à Montperdu au fil des années, avaient été entassés dans une salle aménagée dans une des tours. Elle n'était éclairée que par des meurtrières percées dans les murs circulaires de pierre nue. Cette partie du château n'avait pas reçu d'améliorations et conservait un caractère médiéval.

Il y avait peu de meubles : quelques chaises en bois, une grande table avec une lampe, des piles de cartons et de grandes enveloppes brunes, généralement intactes. Dellie eut un frisson à la pensée des longues heures qu'elle allait devoir passer dans cet endroit sinistre.

Raoul traversa la pièce à demi obscure et alluma la lumière, ce qui n'éclaira guère qu'une partie du bureau sur lequel étaient posées quelques enveloppes poussiéreuses portant les timbres d'une demi-douzaine de pays.

Il s'assit sur un coin de la table et, les bras croisés sur la poitrine, examina les lieux.

— Il vous faudra davantage d'éclairage.

— Oui, une autre lampe serait utile, répondit Dellie en s'approchant, un sourire contraint sur les lèvres.

« Cela promet d'être difficile, se disait-elle, mais je dois absolument ignorer l'irritation qui monte en moi dès que cet homme insupportable ouvre la bouche. Ma tranquillité est à ce prix. » Et elle ajouta :

— S'il vous plaît.

— Vous l'aurez.

— Posséderiez-vous une machine à écrire dont je pourrais me servir ?

— Nous nous en procurerons une.

Dellie était fascinée par le mouvement de la jambe musclée de Raoul qui, dans son balancement, passait alternativement de l'ombre à la lumière. Il ne semblait pas pressé de s'en aller. Elle réprima l'irritation que cette pose nonchalante suscitait en elle et esquissa une moue ironique.

— C'est bien aimable de votre part.

Le visage de Raoul resta impénétrable. Il continuait à la dévisager avec des yeux froids.

— Avez-vous besoin d'autre chose ? s'enquit-il d'un ton glacial.

— Du papier, beaucoup de papier. Des crayons, une gomme, des classeurs, ce genre de choses. Et aussi, si vous vouliez bien…

— Oui ?

— La clé de cette salle, finit-elle en baissant les paupières.

Il mit la main à sa poche et en sortit une petite pièce métallique. Elle avança sa paume pour la prendre, mais il la tenait tout juste hors de sa portée.

— S'il vous plaît, ajouta-t-elle.

Un sourire sardonique se dessinait sur les lèvres de son interlocuteur.

— Je vous préfère encore autrement.

Elle demeura sans voix un moment puis la colère l'embrasa d'avoir été si facilement percée à jour.

— Que voulez-vous dire ?

— Quand vous prenez feu, vous êtes honnête avec vous-même, mais comme séductrice…

Il haussa les épaules et laissa négligemment tomber la clé sur la table.

— ... vous êtes absolument catastrophique.

Toutes les bonnes résolutions de Dellie s'évanouirent instantanément. Elle se mit à trépigner de fureur.

— Sortez ! Sortez immédiatement avant... avant que...

Les mots s'étranglaient dans sa gorge.

— Vous voyez bien ! « Chassez le naturel, il revient au galop... »

— Je vous ordonne de sortir.

— Je partirai quand j'aurai fini de vous dire ce que j'ai à vous dire. Pas avant.

— Nous n'avons rien à nous dire. Laissez-moi seule.

— Seule avec vos souvenirs ?

Il montra du geste les cartons poussiéreux empilés contre le mur.

— Mes... souvenirs, comme vous les appelez, ne regardent que moi.

— Vos souvenirs *me* regardent dès l'instant où ils menacent la tranquillité de ma mère.

Sa voix était devenue encore plus dure, presque menaçante. Il s'était levé et s'était approché d'elle. Ses sourcils froncés ne formaient plus qu'une épaisse barre au-dessus de ses yeux.

— Il y a des choses qu'elle ne sait pas, comprenez-vous, Miss Everett ?

— Qu'insinuez-vous ?

Il s'était avancé si près qu'il la touchait presque. Elle en avait les mains moites.

— A propos du suicide de Rhys.

Les mots avaient claqué comme un coup de fouet. Le cœur de Dellie battait à tout rompre. A quoi voulait-il en venir ? Cela n'avait aucun sens pour elle.

— Suicide ? demanda-t-elle, l'étonnement peint sur ses traits.

— Ne prenez pas cet air innocent.

— J'ignore à quoi vous faites allusion.

Pour une fois, le sang se retirait de son visage. Elle avait l'impression de vivre un cauchemar ou de participer à une pièce de théâtre surréaliste.

— Vraiment pas ?

Il prit une enveloppe sur la table. Dellie reconnut l'écriture de Rhys et des timbres des Etats-Unis.

— Sa dernière lettre.

Raoul martela chaque syllabe et tira une feuille pliée en deux. C'était du papier à lettres imprimé de l'en-tête d'un hôtel.

— Quand elle est arrivée, il était déjà mort. Mais elle ne vous apprendrait rien que vous ne sachiez.

Dellie avait la gorge sèche. Tout cela était trop injuste. Elle planta son regard dans le sien.

— Cela reste à prouver.

— Lisez vous-même.

Il jeta la missive sur la table. Elle résista à l'envie de s'en emparer et de la déchirer en petits morceaux et continua à le fixer sans ciller.

— Non ? Vous ne voulez pas ! Si vous avez peur de la vérité, je vais vous la rappeler. Rhys a écrit ce billet immédiatement avant cette... cette dernière soirée éthylique. Il nous a tout relaté. Tout est là.

« Mon Dieu ! Que Rhys avait-il pu leur raconter ? » se demandait Dellie en se remémorant les derniers jours, combien pénibles, de la vie de Rhys : elle l'avait cherché dans les bars, fait le tour des hôtels pour essayer de le retrouver, en vain. Elle s'était rongée d'inquiétude, sachant que son oncle comptait sur elle pour l'empêcher de commettre des bêtises.

— Que vous a-t-il dit ? s'enquit-elle d'une voix aussi calme que possible.

Raoul reprit la lettre, la parcourut rapidement et en cita un passage :

— « Dieu m'est témoin qu'elle me rend fou »

— Moi ? Mentionne-t-il mon nom ?

— Cela n'était pas nécessaire. C'est clairement de vous qu'il s'agit. Il précise « ma fiancée » et donne tous les détails sordides. Il raconte comment vous le torturiez.

— Je le torturais ?

— Pour être clair, vous lui étiez abominablement infidèle.

— Mais…

Il devait s'agir de cette étudiante aux cheveux noirs dont il s'était entiché, une nommée Sally.

— Niez-vous que vous étiez à Chicago avec lui ? hurla-t-il interrompant le cours de ses pensées.

— Non, mais…

— Niez-vous que vous étiez sa fiancée ?

— Non.

Elle en avait froid dans le dos. Il continua impitoyablement sa démonstration.

— Vous constatez que tout est parfaitement clair. Vous êtes la coupable.

Il jeta la lettre sur la table avec un geste de dégoût.

— Et quelques jours plus tard, il se tuait.

— Ecoutez-moi. Je n'ai rien eu à voir avec tout cela. Je suis navrée de ce qui est arrivé à Rhys; mais…

— Navrée ! Vous êtes navrée. C'est moi qui suis navré que vous ayez eu l'impudence de venir ici, vous, celle qu'il aimait et en laquelle il avait placé sa confiance, celle qui l'a poussé à se détruire.

Dellie avala difficilement sa salive, déployant un effort terrible pour retenir ses larmes.

— Si c'est ce que vous croyez…

— Il n'est pas question de ce que je crois, mais de ce que je sais. Ce que pense ma mère est une autre affaire, car je ne lui ai pas dit — et ne lui dirais jamais — la vérité. Mais il y a des choses que je n'ai pu lui cacher :

Ernestine lui lit la presse chaque jour. Les journaux locaux parlaient parfois de Rhys : « Un enfant du pays fait encore des siennes » ou « Le scandaleux enfant de l'amour de la famille de Briand ».

Il serra de ses mains le bord de la table comme s'il voulait le briser et planta ses yeux dans ceux de Dellie.

— Et vous l'avez trahi.

— Raoul, ce n'était pas moi, il faut me croire. Les relations que l'on nous prêtait étaient fictives. Nos fiançailles n'étaient qu'une comédie.

— En effet !

— Ce n'est pas ce que je veux dire. On avait imaginé empêcher ainsi les problèmes. Il s'attirait toujours des ennuis.

— La mort est un ennui définitif. Dommage que vous n'ayez pas réussi à le lui éviter.

— Vous ne souhaitez pas comprendre, n'est-ce pas ? Il y a des années que vous n'aviez pas vu Rhys. En réalité vous ignoriez tout de sa personnalité. Il était instable et avait besoin d'être protégé, des autres et de lui-même.

— Par quelqu'un comme vous ? Je préférerais encore être protégé par un serpent à sonnettes.

La jeune fille perdit tout contrôle d'elle-même. Elle se tourna vers lui, les prunelles flamboyantes de colère et l'insulta copieusement. Quand elle se fut ainsi un peu soulagée, elle ajouta sur un ton plus calme :

— Vous ne savez pas quelle existence il menait, vous n'étiez pas là et vous osez me rendre responsable de sa mort.

Il s'approcha d'elle à la toucher, le visage déformé par la haine.

— Oui, je vous tiens pour responsable de la mort de Rhys.

Dellie aurait voulu crier que c'était faux, mais elle se rendait compte que toute protestation s'avérait inutile.

Ne désirant pas lui offrir le spectacle de ses larmes, elle se retourna et se cacha le visage dans les mains. Elle touchait le fond du désespoir. En vingt-quatre heures, Raoul avait fait basculer son univers. Il était trop convaincu de sa bonne conscience pour jamais changer d'avis.

Après un moment, elle surmonta sa faiblesse, sortit les épaules, serra les poings mais ne trouva pas la force de le regarder.

— Partez, maintenant.

Lentement, il se pencha sur elle. Elle entendait sa respiration saccadée et aurait voulu s'enfuir, mais elle était paralysée par la peur.

Derrière elle, il leva les mains et en encercla son cou fragile.

— Vous l'avez tué, murmura-t-il à son oreille.

Graduellement ses doigts se resserraient comme un étau. Elle pouvait à peine respirer et la tête lui tournait.

— Vous l'avez tué, aussi sûrement que si vous aviez conduit vous-même cette voiture.

— Non, je n'ai jamais...

Les mots s'arrêtèrent dans sa gorge, meurtrie par la caresse cruelle de sa poigne d'acier. Dellie sentit qu'elle allait s'évanouir.

— Je vous en supplie, gémit-elle avec désespoir.

Elle n'avait pas entendu le son de sa propre voix, tellement ses oreilles bourdonnaient.

— Oh! Mon Dieu! dit-il dans un souffle.

Il desserra soudain son étreinte. Elle vacilla et se serait écroulée s'il ne l'avait rattrapée par les épaules. Vidée de toute force, elle s'abandonna contre lui et d'une paume tremblante massa machinalement son cou.

— Vous l'avez tué, répéta-t-il avec un accent sauvage, et jamais je ne le vous pardonnerai.

Il l'obligea à pivoter et l'appuya au bureau, pressant

son corps contre le sien. Il posa ses mains sur le rebord de la table, de part et d'autre, l'emprisonnant aussi sûrement qu'il l'avait fait en la prenant à la gorge. Elle avait le souffle court et sentait son cœur cogner violemment dans sa poitrine, à moins que ce ne fût celui de Raoul...

— Je vous en supplie, murmura-t-elle encore une fois.

Mais tel un destin cruel, il ignora sa prière.

— Je vous interdis de dire ou d'entreprendre quoi que ce soit qui puisse permettre à ma mère d'apprendre la vérité sur vos relations avec Rhys.

— Je ne comprends pas ce que vous insinuez, répliqua-t-elle en le regardant avec des yeux fixes, comme hypnotisée.

Le sang coulait comme du feu dans ses veines. Etait-ce la peur ou autre chose ?

— Ne mentez pas, vous me comprenez parfaitement, rétorqua-t-il avec colère. Si jamais vous révéliez à ma mère que Rhys a mis volontairement fin à ses jours, je ne répondrais plus de mes actes. C'est une vieille femme. Elle a eu assez de malheurs dans sa vie sans que vous en ajoutiez.

— Je ne pourrais pas prétendre cela, ce n'est pas la vérité. Sa mort est due à un accident, un tragique accident.

— Jouez la comédie à ma mère, mais pas à moi ! Je sais comment vous avez traité Rhys. Je sais quel genre de femme vous êtes. Toutes les preuves sont là, dans sa lettre et dans ses poèmes.

Dellie était horrifiée. Comment aurait-elle pu nier, maintenant, avoir été l'inspiratrice de Rhys, alors que la veille au soir elle l'avait admis tacitement par son silence même ? Elle ferma les yeux pour échapper à son regard accusateur.

54

Raoul posa un doigt sur une petite veine qui battait près de l'oreille de Dellie.

— Est-ce le remords qui affole votre cœur ? Je doute que votre jolie petite tête contienne une conscience.

Il lui empoigna les cheveux et lui renversa le visage.

— Ouvrez les yeux, grinça-t-il.

Dellie resta inerte. Il tira plus violemment en déclarant furieusement :

— Je vous ai ordonné d'ouvrir les yeux. Regardez-moi, je le veux.

La douleur lui fit relever les paupières. Elle sentait son souffle lui caresser la peau.

— C'est mieux ainsi, remarqua-t-il avec un demi-sourire qui n'enleva rien à la dureté de son expression.

La jeune fille ne comprenait pas qu'il lui fût possible de remarquer, au milieu d'une telle scène, les petites paillettes d'or dansant dans le fond des prunelles de son vis-à-vis. Il s'appuyait de plus en plus lourdement sur elle, ses reins lui faisaient mal. Mon Dieu ! Cette torture finirait-elle un jour ?

— Maintenant, écoutez-moi bien. Vous ne compulserez les documents de Rhys que dans cette pièce. Rien ne doit la quitter — je répète, absolument rien — que je n'aie examiné personnellement.

— Mais dans sa lettre, votre mère a dit...

— Je sais ce qu'elle a dit, coupa-t-il brutalement. Allez au diable avec votre lettre ! J'exige que rien ne sorte d'ici qui puisse blesser ma mère, rien qu'Ernestine puisse lui raconter.

— Elle n'ignore pourtant pas que Rhys n'était... n'était pas un ange.

— Son dernier livre ne laisse aucun doute sur ce point.

Le regard de Raoul abandonna ses yeux et se posa, longuement, sur ses lèvres. Dellie en sentit le poids, comme s'il avait posé sa bouche sur la sienne pour la meurtrir. Elle tremblait de tout son corps.

— Il est vrai que Rhys n'était pas un ange. Elle le sait depuis des années et elle s'en moque. Mais elle ignore que sa mort était un suicide.

— C'est faux ! cria-t-elle d'une voix vibrante de désespoir à la pensée que rien ne pourrait le convaincre.

— Vraiment ! hurla-t-il avec indignation, alors lisez cette lettre.

Pendant un long moment, il resta dans la même position, comme tenaillé par le besoin d'en dire davantage, puis soudainement il la lâcha et s'éloigna d'elle, sans la quitter du regard.

La jeune fille agrippa la table pour assurer son équilibre. Elle avait perdu tout ressort et se sentait incapable de lutter davantage. Le temps d'un instant, elle eut l'affreuse sensation que les yeux de son tortionnaire la transperçaient jusqu'à l'âme.

« Si vous pouvez lire dans mon cœur, Raoul de Briand, démon incarné, pourquoi n'y voyez-vous pas la vérité ? », songea-t-elle.

Il n'ajouta pas un mot, se dirigea vers la porte et sortit sans se retourner.

Dellie tomba à genoux sur le sol de pierre froide, vidée de toute énergie.

5

Dellie avait perdu la notion du temps. Raoul était-il parti depuis une demi-heure, une heure, ou seulement dix minutes ? L'épouvantable scène qu'elle venait de vivre l'avait plongée dans une hébétude dont elle ne sortait que lente.nent. Ses tempes battaient douloureusement, elle se sentait prise de nausée. Etait-ce dû au froid montant insidieusement du sol sur lequel elle était toujours agenouillée ou à l'odeur de moisi de plus en plus perceptible ?

Soudainement, elle se rendit compte qu'elle avait faim. Toutes ces émotions et découvrir que l'on a tout simplement faim ! « La nature reprend le dessus, se disait-elle, j'ai donc davantage de ressort que je ne pensais. »

Elle se releva, fit quelques pas et s'aperçut du désordre de ses vêtements. Elle se rajusta et s'assit sur une des chaises. Curieusement, elle se sentait différente après ce cauchemar, plus mûre, moralement endurcie.

Après tout, elle était saine et sauve, quoique son cou lui fît mal. Elle y porta sa main et le caressa doucement. Elle songea à l'étrange série d'incidents ayant marqué son arrivée à Montperdu. D'abord sa cheville, puis ces moments de terreur sur le chemin, quand elle avait failli être écrasée, enfin cette matinée atroce. Dans sa rage,

Raoul avait été sur le point de l'étrangler. Elle ne parvenait pas à chasser l'image de son visage grimaçant de haine quand il l'avait accusée d'avoir tué son demi-frère.

« Lisez cette lettre » avaient été ses derniers mots. Il l'avait froissée avant de la jeter sur la table, dégoûté. Elle la ramassa, remplie d'appréhension à la pensée de ce qu'elle allait, sans doute, découvrir.

La lettre de Rhys avait été écrite, lui sembla-t-il, peu après cette conférence dont elle ne se souvenait que trop bien. Ils venaient de passer trois semaines à Chicago. Il y avait eu cette étudiante, Sally, une ravissante créature aux cheveux frisés. Rhys avait fait sa connaissance au cours d'une discussion littéraire, et lui avait immédiatement adressé une cour pressante, déployant tout son charme. Ils avaient ensuite dîné tous les trois et Rhys avait demandé à Sally de l'épouser, sur un ton badin que personne n'aurait pu prendre au sérieux — en tout cas ni Rhys lui-même ni Dellie qui avait déjà assité à des scènes semblables dans plusieurs villes des Etats-Unis. Quant à la fille, qui n'était clairement pas sans expérience, elle avait accueilli cette déclaration légèrement, comme celles de sa génération, n'y voyant que le prélude à une aventure sans lendemain.

Le jour de la fameuse conférence, Rhys avait beaucoup bu, en compagnie de cette Sally et ils s'étaient disputés. Malgré cela, l'exposé aurait dû être un succès — Rhys, même ivre, savait être amusant et le public s'attendait à le trouver dans cet état — mais un incident avait tout bouleversé : peu après qu'il eut pris la parole, Sally, assise au premier rang, se leva et partit. Rhys s'était aperçu de son départ et de plus, avait remarqué qu'elle avait quitté la salle accompagnée par un autre homme. A partir de là, il avait perdu le fil de son texte et s'était mis à prononcer des phrases incohérentes.

Finalement, il avait fallu l'entraîner hors du podium — c'est Dellie qui avait dû s'en charger —, lui faire absorber force café noir et lui appliquer des compresses froides sur le front.

Il avait souffert d'un mal de tête épouvantable et avait effectivement parlé de suicide pendant quelques jours. La fille n'était pas réapparue ce soir-là, ni le suivant, mais il avait fini par la retrouver dans un bar. Il avait alors tiré parti de tout son charme, irrésistible — aux yeux des autres — pour la convaincre de revenir avec lui. Leur liaison avait repris, aussi orageuse, et une semaine plus tard, Rhys était décédé.

Il conduisait une voiture de louage, ivre-mort comme souvent et roulant, comme toujours, à très grande vitesse. Peut-être s'était-il assoupi au volant ? Il lui arrivait fréquemment de s'endormir dans les circonstances les plus inattendues.

Qu'il se soit tué, oui, mais volontairement ? Dellie ne pensait pas que cela fût probable.

La lettre, sûrement écrite sous l'effet de l'alcool, était incohérente. Mais il y mentionnait sa fiancée, sans la nommer, il y parlait de l'infidélité de celle-ci, il y étalait complaisamment sa désespérance, son refus de continuer à vivre. Il n'était pas étonnant que Raoul, après l'avoir lue, l'eût jugée responsable !

Dellie reposa la missive sur la table, poussa un soupir déchirant et pris la clé de la salle. Elle comptait y revenir plus tard avec un balai et un chiffon à poussière. Peut-être Ernestine pourrait-elle trouver une chaise plus confortable et un tapis pour égayer et réchauffer cet endroit, dans lequel Dellie passerait les prochaines semaines. Quoi qu'il en soit, elle ne pouvait se mettre sérieusement au travail qu'avec une machine à écrire. Au moins, Raoul lui avait-il promis cela.

Elle ferma la porte derrière elle et la verrouilla soigneusement. La serrure, rarement utilisée, était rouillée et grinçait abominablement. « Il ne faudra pas que j'oublie de la huiler », se disait Dellie en retournant dans le hall. Elle avait l'estomac noué à la pensée de rencontrer Raoul dans la salle à manger, à moins que ce ne fût la faim...

— Ah, Mademoiselle, nous nous demandions si vous aviez oublié la nécessité de se nourrir. Votre repas vous attend. Un peu de canard froid vous ferait-il plaisir ?

Il y avait encore bien autre chose sur la table : ratatouille, divers pâtés et terrines, du rôti de porc froid, du jambon fumé, une salade de saison. Dellie s'installa et commença à dévorer.

— Mademoiselle se ressent encore de son accident, je la trouve toute pâle.

— Je vais bien, Ernestine, merci.

— Ce n'est pourtant pas mon impression.

La gouvernante examinait attentivement la jeune fille d'un regard auquel peu de chose devait échapper.

— Peut-être ai-je été un peu plus secouée que je ne l'ai pensé sur le moment, mais il ne faut pas vous faire de souci, je n'ai même pas une égratignure.

— Mademoiselle est chanceuse de s'en être tirée avec seulement une petite meurtrissure.

Et elle montra du doigt le cou de Dellie que l'humiliation fit pâlir encore davantage.

— J'aurais dû insister ce matin pour que Mademoiselle aille se reposer. C'est étrange, je n'avais pas remarqué que Mademoiselle fût si pâle.

— Vous avez été impressionnée par mes chaussures abîmées, ma jupe déchirée et pleine de boue. Je vous assure que je me sens parfaitement bien seulement, je meurs de faim.

Dellie esquissa un sourire embarrassé et, comme si elle souhaitait prouver ses dires, elle étala une épaise couche de pâté de foie de volaille sur une énorme tranche de pain bis.

— Monsieur Raoul serait mécontent si je ne m'occupais pas convenablement de Mademoiselle.

— Monsieur Raoul sait parfaitement que j'ai fait une chute ce matin et il n'est absolument pas inquiet.

L'Anglaise se rendit compte qu'elle avait parlé avec âpreté. Elle se tourna vers Ernestine avec un grand sourire dans l'espoir de corriger l'effet de sa vivacité. La gouvernante la dévisagea, une petite lueur d'étonnement dans les yeux.

— Pourtant il est parti sans dire un mot, sans même déjeuner, à toute vitesse avec sa voiture. J'ai pensé qu'il allait chercher le docteur.

— Non Ernestine, je n'ai pas besoin de voir le médecin et il le sait. Alors cessez de vous inquiéter.

Son interlocutrice n'avait pas l'air convaincue. Elle revint à la charge :

— Mademoiselle doit me promettre de se reposer après le déjeuner.

— Très bien Ernestine, je le ferai pour vous rassurer.

La gouvernante parut satisfaite de la promesse de Dellie. Celle-ci, à vrai dire, n'était pas mécontente qu'on l'ait forcée à prendre du repos.

Quand la jeune fille souleva les paupières, l'après-midi touchait à sa fin. N'ayant pas l'habitude de dormir pendant la journée, elle se réveilla l'esprit confus. Il lui fallut quelques minutes pour se souvenir où elle se trouvait.

Les ombres s'allongeaient dans la cour. Il était temps de s'habiller pour le dîner, comme Raoul l'avait recommandé, non, ordonné ! Elle sauta du lit et retira son jean et sa chemise. Elle avait vraiment dû être épuisée : jamais elle ne s'endormait tout habillée.

Dellie se prélassa longuement dans le bain qui lui procura une détente bienvenue. Elle se frotta vigoureusement avec une serviette, tout en chantonnant. La matinée avait été épuisante, physiquement et moralement, mais les jeunes ont d'étonnantes facultés de récupération. Elle choisit une robe ample de soie noire, simple mais admirablement coupée. Le col Claudine et les poignets d'organdi accentuaient son caractère strict.

L'opinion qu'on pouvait avoir d'elle ne serait pas modifiée par le choix de sa robe, se disait-elle, mais au moins, on ne pourrait l'accuser de se vêtir de manière provocante. Soudain, elle se rendit compte que « on » signifiait « Raoul ». Elle eut un frisson en se rappelant son regard haineux.

Le salon était vide. Mme de Briand n'était pas encore descendue pour le dîner. Dellie traversa la pièce et alla se servir un apéritif au bar. Peut-être l'alcool lui donnerait-il le courage de faire face à son hôte...

Son verre à la main, elle commença à examiner les toiles accrochées au mur du fond. Ceci doit être un Braque, décida-t-elle ; et ce coucher de soleil sur l'eau à la manière de Turner, est intéressant par sa facture presque contemporaine, mais ne possède pas de signature ; cette œuvre pourrait être un Picasso de la période bleue... Dellie aurait souhaité posséder davantage de connaissances sur l'art. La manière dont les peintures avaient été disposées était proprement fascinante : les écoles étaient mélangées, comme les époques, mais il se dégageait de l'ensemble une impression d'harmonie incomparable. A contrecœur, elle se disait que seul Raoul avait pu en décider la disposition.

Elle s'arrêta longuement devant un magnifique portrait en pied : indiscutablement celui d'Eugénie de Briand. La structure du visage était la sienne, mais les cheveux étaient noirs et les yeux pétillants. L'artiste avait recréé la vie même sur sa toile. Une pièce de soie bleutée la drapait comme une statue. Les grains ivoire d'un collier de perles à trois rangs faisaient écho au velouté parfait de l'ovale. De quand datait ce portrait ? Une quinzaine d'années sans doute. Dellie était presque sûre de reconnaître le coup de pinceau de l'artiste. Elle se pencha pour s'assurer qu'elle avait raison, mais la signature était illisible.

— C'est un Saint-Just.

La voix, moqueuse et irritante comme toujours, la fit sursauter. Comment avait-il réussi à s'approcher sans qu'elle l'entendît ? Il alla se préparer un cocktail.

— Je constate que vous m'avez précédé.

— Je prendrai volontiers un autre apéritif, annonça-t-elle.

Rien dans le ton de sa phrase n'avait trahi son agitation intérieure. Il souleva un sourcil et s'empara du verre qu'elle lui tendait. Dellie sentait sa propre irritation croître pendant qu'il la servait. Elle s'en voulait car elle ne désirait pas vraiment boire à nouveau de l'alcool.

Les doigts de Raoul restèrent un peu plus longtemps que nécessaire sur le verre quand elle le lui reprit. Ils s'observaient en silence. L'atmosphère était lourde du souvenir de la scène de la matinée. Raoul intervint le premier :

— Vous étiez en train de découvrir notre collection ?

— Oui, répondit-elle plus chaudement qu'elle n'eut voulu, le portrait de votre mère...

— Peint avant que la maladie ne lui fasse perdre la vue.

— C'était — c'est encore — une très belle femme. J'ai entendu parler de Saint-Just, déclara-t-elle en se rapprochant de la toile. Il l'a merveilleusement saisie.

— Une de ses meilleures tentatives, répliqua-t-il avec une intonation amusée.

— D'après sa réputation, il peint seulement les femmes qu'il estime vraiment belles.

— Elle l'est.

Ils regardaient le portrait, pour une fois d'accord.

— Comment est-ce arrivé ? Sa cécité, j'entends, demanda-t-elle en se rapprochant de la cheminée.

— Une néphrite aiguë, compliquée par l'anxiété — à cause de Rhys. Elle a souffert d'une petite attaque et n'a plus jamais été la même. Cela s'est passé il y a onze ans.

Onze ans ! Rhys n'avait alors pas plus de dix-huit ans. Ainsi, il posait déjà des problèmes à cet âge. Il avait vingt-neuf ans lors de sa mort.

Et Raoul ? Il était plus âgé. De cinq ou six ans probablement. Son expression était maintenant plus douce, il paraissait plus jeune, l'âge de son frère.

— Rhys habitait-il ici à cette époque ?

Dellie avait posé la question d'une voix égale. Elle s'aventurait sur un terrain délicat. L'existence amoureuse de Mme de Briand n'était un secret pour personne, mais elle ignorait comment sa vie familiale en avait été affectée. Raoul lui jeta un regard étonné.

— Rhys ne s'était pas beaucoup confié à vous, semble-t-il, si l'on considère que…

Il laissa sa phrase en suspens.

— Ne me racontez rien, si vous le préférez.

— Oui, Rhys vivait ici, dit-il en haussant les épaules. Le château est dans la famille de ma mère depuis des générations. Celle-ci s'est séparée de mon père quand j'avais six ans.

Elle fit un rapide calcul. Si Rhys était né peu après, Raoul devait avoir trente-six ans.

— Mon père était un homme dur, cruel même. Je n'ai jamais regretté cette séparation. Pendant la guerre, il était un admirateur de Pétain : il a collaboré avec les Allemands, sa femme ne lui a jamais pardonné. Il n'a pas consenti au divorce. Ma mère m'a emmené en Angleterre et m'a placé dans une excellente école.

Ainsi, contrairement à la légende, elle ne l'avait pas

abandonné. Raoul se leva et se mit à marcher de long en large devant la cheminée.

— Ce n'est que plusieurs années après que j'ai compris ce qui s'était passé. Sa liaison avec Emlyn Morgan a peut-être été l'histoire d'amour la plus célèbre à l'époque, mais à mes yeux, ma mère était simplement... une mère. Emlyn était son ami, un homme chaleureux, bon, sensible qui l'adorait et lui a donné tout l'amour que mon père lui avait toujours refusé. La naissance de Rhys m'a paru une chose parfaitement naturelle.

Il fit une longue pause, perdu dans ses pensées, puis il continua, comme s'il se parlait à lui-même :

— Bien entendu, j'ai été un peu jaloux, mais la présence d'un jeune frère me permettait d'explorer un monde inconnu. A la mort d'Emlyn Morgan, ma mère est revenue vivre et avec nous deux. J'avais douze ans, Rhys cinq. Nous avons été élevés ensemble pendant sept ans, jusqu'au moment où je me suis installé à Paris. Rhys est présent dans tous mes souvenirs d'adolescent : il était pervers, indiscipliné et débordant de charme, déjà.

Dellie sourit à cette description. C'était exactement Rhys, tel qu'elle l'avait connu.

— Il se révélait un enfant gâté. Ma pauvre mère a fait preuve à son égard d'une faiblesse coupable. Rhys a toujours su exactement ce qu'il désirait.

Le regard de Raoul se porta soudain sur Dellie et il fronça les sourcils. Elle comprit que sa pensée était revenue à des événements récents et à ses relations avec Rhys.

— ... et l'a généralement obtenu.

La porte s'ouvrit tandis qu'il prononçait ces derniers mots et il se retourna pour accueillir Mme de Briand. Ernestine la conduisit jusqu'à son fauteuil puis quitta le salon. Raoul se plaça derrière sa mère et lui posa affectueusement une main sur l'épaule.

— Ernestine m'a raconté qu'un terrible accident a failli arriver ce matin, Raoul, et que Dellie a été très secouée.

Celui-ci chercha à rencontrer le regard de l'Anglaise. Elle lut dans ses prunelles un avertissement : ne pas l'inquiéter.

— Ce n'était rien. Une petite chute. A dire vrai, mes bas ont davantage souffert que moi-même.

— Dellie va tout à fait bien, ajouta-t-il.

— Tu aurais dû appeler le médecin. Dellie est notre invitée et nous devons prendre soin d'elle.

— Je t'assure que c'est une fille solide, renchérit-il.

— Ernestine pensait que tu étais allé chercher le docteur cet après-midi, mais elle s'est trompée. Tu as fait des courses, paraît-il. Qu'y avait-il de si urgent ?

— Deux ou trois petits achats, expliqua-t-il en haussant les épaules. C'était nécessaire.

— Pourtant Ernestine m'a affirmé qu'il y avait plusieurs grands paquets, comme à Noël.

— Ernestine te raconte trop de choses, fit remarquer Raoul en riant.

— Elle est mes yeux. Et mes yeux me disent de m'inquiéter, Dellie. Ernestine prétend que vous étiez blanche comme un linge, lors du déjeuner et que vous gardez des traces de votre chute.

Dellie porta la main à son cou d'un geste automatique, pour éloigner le souvenir de ce qui s'était passé dans la tour. Elle pria silencieusement que Mme de Briand mît un terme à son interrogatoire. Le regard de Raoul suivit la paume de Dellie et resta fixé sur le col blanc de sa robe, comme hypnotisé.

— J'étais peut-être un peu pâle, en partie parce que j'avais faim, en partie parce que j'étais fatiguée, mais j'ai dormi tout l'après-midi et je vais maintenant très bien.

— Vous ne m'avouerez jamais la vérité. Je me rends compte que vous n'êtes pas femme à vous plaindre. Raoul, il faut que tu m'aides. Est-elle encore pâle ?

Raoul dévisagea longuement Dellie d'un air énigmatique. Elle en rosit d'embarras. Il laissa un petit sourire se dessiner sur ses lèvres et sans mentir, répondit à sa mère :

— Non, je suis en train de la regarder et je peux t'assurer que son teint n'est pas blafard.

— C'est bien, déclara Mme de Briand, soulagée. Au moins, Dellie, vous avez su être raisonnable puisque vous vous êtes reposée au lieu de vous occuper de ces papiers. Je vous rappelle qu'il n'y a rien d'urgent.

— Sauf en ce qui concerne mon oncle. Il désire publier un autre livre de Rhys le plus rapidement possible. Je me mettrai sérieusement à la tâche demain.

— Il faut travailler tranquillement et profiter de votre séjour pour découvrir le Massif central.

— C'est bien mon intention.

— Savez-vous conduire ?

— Oui, mais je n'ai pas le sens de l'orientation.

— Vous prendrez la Renault chaque fois que vous en aurez envie. Demandez une carte à Gaspard.

— Je vous remercie de votre offre.

— Et Raoul pourrait aussi vous servir de guide.

— Je ne voudrais pas… intervint la jeune fille.

— Je ne saurais… commença simultanément Raoul.

— Taisez-vous tous les deux. Ernestine m'a dit, Dellie, que vos chaussures de marche étaient irréparables. On ne peut visiter le Massif central sans une bonne paire de souliers. Raoul, il faut l'emmener au Puy afin qu'elle puisse les remplacer.

La vieille dame se tourna vers l'Anglaise.

— Le Puy n'est pas loin d'ici. On peut faire l'aller et

retour dans la journée et Raoul y va souvent. C'est une ville délicieuse qu'il vous faut connaître.

Dellie ouvrit la bouche pour protester, mais Eugénie de Briand avait levé la main pour qu'on l'escorte dans la salle à manger.

La promenade au Puy n'était pas une suggestion, c'était un ordre.

6

Le lit bouleversé témoignait de la nuit agitée de Dellie. Comment révéler la vérité à Mme de Briand? La vérité sur elle-même et la vérité sur Rhys. Pendant son insomnie, elle avait décidé de la dévoiler le plus rapidement possible tout en sachant le risque encouru. Vraisemblablement, sa confession allait supprimer toute chance de publier les poèmes inédits de Rhys Morgan. Son oncle et les lecteurs fanatiques de l'écrivain en seraient très déçus, mais elle n'entrevoyait pas d'autre issue. Dellie Everett, mariée à son travail pour le meilleur et pour le pire! Maintenant, c'était le pire. Il fallait mettre fin à un mariage qui la plaçait dans une position aussi délicate.

La veille, le dîner avait représenté pour elle une torture. Elle avait dû constamment refréner un puissant désir de tout raconter. Sans la présence de Raoul, elle se serait sans doute confessée à la vieille dame.

Quoi, comment et quand lui dire? La question était triple. Il paraissait pratiquement impossible de s'entretenir en tête à tête avec Mme de Briand. Ernestine ou Raoul étaient toujours présents. La perspective de discuter de sa vie amoureuse — ou plutôt l'absence de vie amoureuse — devant Raoul lui était insupportable.

La seule pensée de son regard incrédule et moqueur la terrifiait.

D'autre part, peut-être était-il charitable de laisser Eugénie de Briand croire aux relations entre Rhys et sa « fiancée » ? Curieusement, elle semblait en tirer un certain réconfort. Mais la jeune fille s'était mise à aimer la châtelaine, elle ne voulait pas continuer à la tromper. Et sans doute avait-elle une raison plus profonde et plus intime de vouloir mettre son âme à nu ?

Quoi qu'il en soit, elle n'avait aucune intention de revenir sur sa décision : se confesser le soir même. C'est le cœur plus léger qu'elle fit sa toilette et s'assit devant la coiffeuse pour brosser longuement ses cheveux.

Elle esquissa une grimace dans le miroir et s'aperçut soudain qu'une marque rouge était encore visible sur son cou. Les événements de la veille lui revinrent en mémoire avec une clarté redoutable. Elle porta de nouveau la main à sa gorge sur laquelle elle sentait les doigts de Raoul se resserrer encore une fois.

Impatiemment, elle secoua la tête pour chasser ce souvenir, résolue à ne pas laisser la pensée de Raoul de Briand assombrir sa journée.

Elle choisit un chandail gris clair à col roulé et un pantalon gris foncé. Pour égayer l'ensemble, elle passa un grand foulard rouge dans sa ceinture. Après un petit déjeuner avalé rapidement — elle avait dormi tard après sa mauvaise nuit — elle se rendit dans la tour. La clé tourna facilement dans la serrure. Quelqu'un l'avait huilée.

Quand elle ouvrit la porte, elle n'en crut pas ses yeux : plusieurs lampadaires avaient été disposés dans la salle, la baignant de lumière ; un grand tapis rouge sombre, provenant vraisemblablement d'une autre pièce du château, recouvrait le sol de pierre ; deux fauteuils, semblables à ceux du bureau de Raoul, voisinaient avec une table basse ; sur le grand bureau de chêne, fraîchement ciré, se trouvait une lampe avec un abat-jour vert ; le long du mur, les cartons et les enveloppes étaient dépoussiérées ; enfin, sur un petit secrétaire trônait une machine à écrire électrique neuve.

Raoul avait donc fait tout cela pour elle, malgré l'horreur qu'elle lui inspirait ! Il avait dû y passer la moitié de la nuit ! Peut-être n'était-il pas fondamentalement mauvais ? En tout cas, il semblait capable d'éprouver du remords. Ainsi s'expliquaient ses courses mystérieuses de l'après-midi précédent...

Dellie se mit au travail. Elle ouvrit la première enveloppe. les poèmes qu'elle en sortit, rédigés il y a huit ans, ne valaient pas ceux que Rhys avait écrits plus récemment. Elle les reposa sur la table, incapable de se concentrer. Le menton posé sur les mains, elle rêvassait, regardant dans le vide.

Sa pensée revenait constamment à Raoul, à ses yeux sombres, sa mâchoire volontaire, son magnétisme. Pourtant les yeux étaient cruels, la bouche amère ou moqueuse, le sourire sardonique, l'expression hostile...

Avait-elle aussi mauvaise conscience ? Ne l'avait-elle pas traité en ennemi dès les premiers instants ? Il lui avait aménagé un lieu de travail confortable et la veille, avant le dîner, il lui avait parlé sans hargne. Serait-il possible de le désarmer ? Ou du moins de conclure un armistice ?

les papiers de Rhys pouvaient attendre une demi-heure de plus. Il fallait d'abord remercier Raoul avant de se remettre à la tâche, l'esprit clair. Elle trouva Ernestine au salon, rafraîchissant les bouquets de fleurs.

— Monsieur Raoul est dans son atelier. Quand il peint, il ne s'arrête que pour les repas, et encore pas toujours. Il est préférable de ne pas le déranger.

— Je suis prête à en prendre le risque.

Ernestine poussa un soupir de résignation.

— Si Mademoiselle insiste…

— Où se situe son atelier ?

— Comment ? Mademoiselle n'est pas au courant ? Il l'a installé dans les écuries.

Les écuries ! Quel endroit ridicule pour un atelier de peintre ! Le soleil de mai avait commencé à réchauffer l'air de la montagne, mais l'atelier de Raoul devait probablement être encore glacé. Elle monta dans sa chambre prendre un chandail de laine rouge.

Elle frappa à la porte de l'écurie : pas de réponse. Il n'y avait pas de fenêtre, elle ne pouvait donc voir si Raoul se trouvait à l'intérieur. Elle frappa plus fort, mais en vain. Alors elle poussa le battant et entra.

La jeune fille ne put retenir une exclamation. Le toit avait été remplacé par un dôme vitré, l'atelier était inondé de lumière ; contre le mur, s'alignait une série de toiles ; sur des tréteaux, était posée une longue planche couverte de flacons, de tubes, de pinceaux dans des pots de terre, de croquis.

Raoul se tenait debout devant un grand chevalet. Il se retourna et dévisagea l'Anglaise d'un regard peu amical.

— Que venez-vous faire ici ?

— Je voulais vous remercier.

Elle avait la bouche sèche et regrettait déjà son geste de bonne volonté. Il posa violemment sa palette et ses pinceaux sur la table, furieux d'avoir été dérangé.

— Ne vous arrive-t-il jamais de frapper avant d'entrer quelque part ?

— Je l'ai fait, rétorqua-t-elle, sur la défensive.

— Et quand il n'y a pas de réponse, en profitez-vous toujours pour vous glisser à l'intérieur ?

— Non, mais…

— J'ai horreur d'être importuné quand je travaille.

— Dans ce cas, lorsque vous peignez, vous devriez fermer à clé.

— C'est ainsi que je procède généralement.

Et il se précipita vers la porte pour la verrouiller.

— Il vaudrait mieux d'abord me laisser sortir, fit remarquer Dellie en riant, malgré l'expression ténébreuse de son interlocuteur.

Il s'adossa à la porte et croisa les bras sur sa poitrine.

— Commencez par m'expliquer pourquoi vous êtes venue ici.

— Je vous l'ai déjà dit, pour vous remercier.

— En quoi vous sentez-vous obligée de me remercier ?

— Pour la manière dont vous avez arrangé la salle de la tour.

— Je n'aurais même pas osé laisser un chien dans cet endroit, répondit-il froidement.

— Vous vous êtes donné de la peine et je vous en suis reconnaissante.

— J'accepte vos remerciements. Qu'y-a-t-il d'autre ?

— Que voulez-vous dire ?

— De quoi d'autre souhaitez-vous m'entretenir ?

— Rien, j'ai terminé, déclara-t-elle, très étonnée.

— Vous aviez quelque chose sur le cœur hier soir.

Comment avait-il pu le deviner ? Par moment, il paraissait lire en elle...

— J'ignore ce à quoi vous faites allusion.

— Vous mentez à je ne sais quel propos, je le sens. Vous feriez mieux de parler sincèrement.

— Pas du tout, je n'ai rien à cacher.

Elle détourna les yeux, craignant qu'il n'y lut la vérité.

— Comme il vous plaira, mais la porte restera fermée jusqu'à ce que je sache. Je ne tiens pas à d'autres surprises déplaisantes.

Il accrocha la clé à un clou planté au-dessus de la porte, hors de sa portée.

— Dans ces conditions, annonça-t-elle avec un sourire embarrassé cachant mal son désappointement, j'attendrai que vous vous décidiez à m'ouvrir.

Elle se retourna et s'approcha nonchalamment du chevalet. Après tout, l'atelier était confortable, il y faisait même chaud. Elle enleva son chandail et le déposa négligemment sur un coin de la table. Il allait bientôt regretter son ultimatum.

Elle fit le tour du chevalet, parfaitement consciente qu'il ne la quittait pas du regard, mais feignant de ne pas s'en apercevoir. La toile n'était encore qu'une esquisse, seul le visage était un peu travaillé. Dellie tressaillit. Le portrait était celui d'une femme aux cheveux noirs, d'une trentaine d'années, très belle. Elle eut le sentiment qu'elle ne l'aimerait pas. Elle n'avait pas reconnu le modèle, mais la main du peintre.

Elle se tourna lentement vers Raoul, les yeux agrandis par la surprise.

— Vous êtes Saint-Just !

— C'est exact !

Il affichait toujours ce sourire moqueur au coin des lèvres...

— Mais ce nom...

Elle se rappela le village où elle était descendue du train : Saint-Just-Le-Haut.

— ... naturellement, vous avez emprunté celui du village.

— C'est plutôt l'inverse.

— Mais...

— C'est le nom de ma mère. Les Saint-Just possèdent ce château depuis le XVIe siècle.

— Et vous êtes...

— Raoul Etienne de Briand de Saint-Just.

Ce nom prétentieux la fit rire.

— Cela paraît vous amuser.

— C'est tellement... noble. Quand je pense que je vous ai pris pour... pour un...

— Pour un domestique ? Je crois me souvenir de votre méprise quand je vous ai accueillie à la gare.

Il souriait malicieusement, révélant des dents très blanches.

— J'aurais pensé qu'un peintre célèbre manquerait de modèles dans cet endroit reculé.

— J'ai aussi un atelier à Paris où je passe une partie de l'année. Mais il ne manque pas de belles femmes en Auvergne.

— Je ne voulais pas dire cela. je faisais allusion aux commandes.

— Je ne peins pas sur commande. Je choisis moi-même mes sujets, expliqua-t-il avec hauteur.

Elle reporta son attention, sur l'ébauche en se souvenant que Saint-Just ne représentait que des femmes dont il estimait la beauté indiscutable. Elle devait admettre à contrecœur que celle-là était vraiment belle, encore que ses yeux fussent dédaigneux et que sa bouche trahît la suffisance. Raoul aimait évidemment ce genre de créatures, sinon il n'aurait pas commencé ce tableau. Elle ressentit un pincement d'envie.

— N'avez-vous pas besoin du modèle sur place ?

— Je travaille différemment. Je fais des croquis, je note mes impressions, je relève des détails. Ce n'est qu'ensuite que j'attaque le portrait. Il est parfois plus facile de peindre l'âme d'une personne quand celle-ci est absente.

Il s'approcha de la toile et l'examina, les sourcils froncés.

— Le modèle en chair et en os peut quelquefois me distraire de l'essentiel, pousuivit-il.

— Je l'imagine aisément, observa-t-elle d'un ton

sarcastique après un dernier regard à l'esquisse. Je suppose que vous désirez vous remettre au travail.

— Je ne suis pas pressé. Le résultat ne me satisfait pas, aujourd'hui.

Il tira un paquet de cigarettes d'une poche de sa chemise de coton. Ses manches roulées révélaient des avant-bras fins, mais musclés. Ouverte sur la poitrine, elle laissait voir un torse bronzé et viril.

— En désirez-vous une ? offrit-il.

— Non merci, je ne fume pas.

— Aucun vice mineur, à ce que je vois.

Il avait délibérément appuyé sur le mot « mineur ». Dellie sentit son esprit combatif se réveiller.

— Parce que vous, vous êtes un puritain, sans doute !

— Non, pourquoi le serais-je ? Il ne manque pas de femmes dans votre style.

Furieuse, elle pointa un doigt en direction du portrait inachevé.

— Comme celle-ci, par exemple !

— Elle ? Certainement !

Il ne dissimulait pas son amusement, ce qui la rendait d'autant plus en colère. Ne sachant qu'inventer de désagréable à lui répliquer, elle se décida à l'attaquer sur le modèle de l'esquisse.

— Je n'aime pas son expression.

— Seriez-vous jalouse ?

Piquée au vif, elle leva la main pour le gifler, mais il fut plus rapide et lui prit les deux poignets pour l'immobiliser. Ivre de rage, elle lui donna un violent coup de pied dans les tibias.

— Sale petite chipie !

D'un mouvement leste, il lui replia les bras derrière le dos. Plus elle se débattait, plus il la serrait fermement. Après un moment, épuisée, le cœur battant la chamade, elle cessa de résister.

76

— Maintenant, vous allez m'avouer ce que vous êtes venue faire ici.

Son ton était d'autant plus menaçant qu'il était parfaitement calme.

— Je vous l'ai déjà expliqué, pour vous remercier. Je me demande à vrai dire pourquoi.

— Je veux la vérité, je l'exige.

Il resserra un peu plus son étreinte. Elle poussa un gémissement de douleur.

— Il n'y a pas d'autre raison.

— Vous dissimuliez quelque chose hier soir.

— Non !

Il lui tordit encore plus fort les bras.

— Avouez !

— Je me demande comment dévoiler à votre mère la vérité sur moi et… Rhys.

Il relâcha son étreinte et la dévisagea avec gravité.

— Que cela signifie-t-il ? Je vous ai déjà mise en garde, elle ne doit jamais savoir…

— Non, il ne s'agit pas de… de ce que vous appelez son suicide. Je veux dire que Rhys et moi, expliqua-t-elle en baissant les yeux, n'avons jamais envisagé de nous marier. J'ai essayé de vous expliquer, hier, qu'il n'y a jamais eu de vraies fiançailles.

Il la prit par les épaules et plongea ses yeux dans les siens.

— Jamais ? Vraiment ?

— Non, jamais, murmura-t-elle, hors d'haleine.

— Il ne faut à aucun prix le lui apprendre, cela pourrait la tuer. Vous avez déjà suffisamment de sang sur la conscience.

— Vous refusez absolument de comprendre.

— Je comprends bien davantage que vous n'imaginez, mais je n'ai pas l'intention de discuter de vos relations amoureuses avec Rhys. Quant à ma mère, je vous interdis de rien lui révéler. Absolument rien.

— Mais…

— N'avez-vous pas déjà fait assez de mal ? Laissez-la à ses rêves.

Dellie ne réussissait plus à contrôler le tremblement agitant tout son corps. Elle ouvrit la bouche pour tenter de répliquer puis y renonça. Pourquoi était-il important de se confier à la vieille dame ? Qu'avait-elle à confesser, sinon une absence de péché ? Et surtout à qui désirait-elle vraiment se confesser ? A Mme de Briand ou à Raoul ?

— Je suis absolument désolée, se borna-t-elle à dire.

« Il est bien étrange, se disait-elle, que depuis mon arrivée à Montperdu, je passe mon temps à m'excuser de fautes que je n'ai pas commises. » De toute son âme, elle désirait se laver de sa réputation aux yeux de Raoul, mais elle savait que sa sincérité ne provoquerait que son incrédulité. « Vous l'avez tué » avait-il conclu la veille quand elle avait voulu lui expliquer les raisons de ses « fiançailles » avec Rhys.

Tout cela était trop injuste, alors qu'elle avait toujours essayé de l'aider.

Les larmes retenues depuis deux jours se mirent à couler à flots. Elle essaya de détourner la tête pour lui cacher sa faiblesse, mais il l'en empêcha. Jamais encore elle n'avait pleuré devant un homme. Elle en était désespérée, surtout devant *cet* homme. Sa vue était brouillée par les pleurs. Au moins les larmes l'empêchaient-elles de voir son regard méprisant. Il lui releva le menton et approcha son visage du sien, à le toucher.

— Delilah, murmura-t-il d'une voix rauque.

Et il lui prit sauvagement les lèvres. Dellie crut que le sol se dérobait sous elle.

Il abandonna son menton et fit une torsade de ses cheveux, l'obligeant à se plier en arrière. De son autre main, il l'étreignit furieusement. Elle sentait son sang bouillir dans ses veines et ses sens s'enflammer.

Elle posa une paume sur sa poitrine pour le repousser, mais elle s'aperçut que ses doigts, ne lui obéissant plus, avaient glissé sous sa chemise et jouaient avec sa toison soyeuse. Alors sa bouche s'entrouvrit et elle répondit à son baiser.

Il l'enlaça de ses deux bras et la traîna jusqu'à la table. D'un geste, il balaya couleurs, vernis, croquis et se pressa contre elle, tous les muscles tendus. Soudain, il se releva, la laissant, pantelante, à moitié étendue sur la table.

Il arracha sa chemise puis glissa une main sous le pull-over de Dellie, entreprenant de défaire les boutons de sa blouse. Le contact des doigts de Raoul sur sa peau nue lui rendit ses esprits.

— Qu'est-ce qui vous prend ?

— C'est pourtant clair, répondit-il d'une voix rauque.

— Cessez immédiatement.

— N'est-ce pas ce que vous désirez ?

Sa voix avait claqué comme un coup de fouet. Dellie rassembla son énergie et se remit debout.

— Vous ne pouvez pas, cria-t-elle en repoussant ses mains audacieuses.

— Pourquoi pas ? Depuis deux jours, votre invite est mal déguisée.

Dellie n'en croyait pas ses oreilles.

— Mon invite ! Seriez-vous le dernier homme sur terre qu'il n'en serait question.

— Non ? Sans doute préférez-vous ceux qui ne percent pas votre jeu, comme ce malheureux Rhys ? demanda-t-il, la bouche déformée par un rictus méprisant.

— Rhys, au moins, était capable de gentillesse, s'écria-t-elle, enflammée par la haine.

Il la dévisagea d'un regard pénétrant qui lui fit baisser les yeux, puis alla ouvrir la porte et attendit.

Encore tremblante, elle traversa l'atelier, recouvrant toute sa dignité. Elle s'arrêta un instant sur le seuil.

— Je suis désolée, bégaya-t-elle.

Et elle se crispa, furieuse de s'être une fois de plus excusée sans raison.

L'expression de Raoul était impénétrable. Il haussa légèrement les épaules.

— A présent, laissez-moi travailler, conclut-il d'une voix coupante chargée de rancune.

Elle vit au fond de ses prunelles une dangereuse lueur dorée.

Enfin, la porte se referma entre eux.

7

La ville du Puy s'élève sur un site unique, une plaine en cuvette où se dressent de gigantesques pitons volcaniques et d'énormes falaises rocheuses à l'assaut desquelles montent les demeures aux toits rouges sombre et aux murs ocre se perdant dans la verdure. Dellie, qui avait pourtant beaucoup voyagé, n'avait jamais vu un endroit aussi extraordinaire. Elle en était muette d'admiration.

Une colossale statue de Notre-Dame-de-France surmonte le plus gros rocher, un cône largement évasé, appelé *rocher Corneille*. Raoul, prenant au sérieux son rôle de guide, apprit à sa compagne que cet édifice, haut de seize mètres et pesant cent dix tonnes, avait été coulé plus d'un siècle auparavant. La fonte provenait de deux cent treize canons pris lors du siège de Sébastopol, pendant la guerre de Crimée, et offerts par Napoléon III.

La célèbre cathédrale romane du Puy, à la façade de laves polychromes, escalade les premières pentes du *rocher Corneille,* étroitement entourée par les maisons de la ville. Plus loin, au sommet d'une aiguille de lave qui jaillit du sol d'une hauteur de quatre-vingts mètres, une chapelle dont le clocher semble prolonger le doigt rocheux, paraît accrochée entre ciel et terre.

— C'est Saint-Michel d'Aiguilhe, qui date de la fin du XIe siècle, expliqua Raoul. Nous pourrions aller l'admirer de près cet après-midi, mais je vous avertis qu'il faut du courage : il y a deux cent soixante-huit marches à gravir !

— J'aimerais bien essayer, déclara Dellie en se penchant hors de la Porsche pour mieux voir.

L'air, encore frais, était transparent, comme purifié par les torrents montagneux. Dellie avait l'impression qu'elle pouvait en sentir les effluves printanières. Une brume légère recouvrait encore le fond de la vallée, donnant à la ville un aspect irréel. Celle-ci paraissait appartenir à un autre monde, à un autre siècle.

La jeune fille était maintenant heureuse que Mme de Briand eût insisté à plusieurs reprises pour convaincre son fils de l'emmener au Puy. Il avait fait la sourde oreille pendant une semaine, mais avait fini par céder d'assez bonne grâce.

La matinée n'était pas encore avancée, car ils avaient quitté Montperdu aussitôt après le petit déjeuner. Pendant le trajet, Raoul avait été plus bavard que de coutume. Il s'était même montré étonnamment charmant. Il avait signalé à Dellie les lieux dignes d'intérêt ; il lui avait raconté des légendes locales ; il avait même arrêté sa voiture pour permettre à l'Anglaise d'admirer un pont jeté entre deux montagnes. Ses poutrelles d'acier entrecroisées lui prêtaient une apparence faussement fragile. Raoul lui expliqua que c'était un exemple typique de l'art de l'ingénieur au XIXe siècle, lorsque le chemin de fer envahit les endroits les plus écartés, bouleversant les habitudes de vie ancestrales de la population.

Parvenus au Puy, ils discutèrent de l'organisation de leur journée.

— Nous visiterons la cathédrale cet après-midi, annonça Raoul sur un ton sans réplique. C'est un édifice admirable où l'influence byzantine, due aux Croisés, est évidente, notamment dans les coupoles des voûtes. Les pélerins de Saint-Jacques de Compostelle y faisaient halte. Vous verrez, quand on l'a agrandie au XIIe siècle, on en a construit une partie littéralement sur le vide, faute de place.

Dellie jeta un regard en coin à son guide. Il n'était plus tendu et renfermé comme il l'avait été à d'autres occasions où il l'avait emmenée en voiture. Il avait piloté sa Porsche en souplesse, tirant parti de tous les chevaux, avec une sûreté de main admirable. Son costume de daim et son chandail à col roulé brun foncé mettaient en valeur sa silhouette élancée. Il émanait de lui une grâce animale.

Raoul déployait visiblement des efforts pour se montrer un compagnon agréable. Il était difficile à Dellie de se refuser à l'imiter. Il était vrai que de toute la semaine précédente, ils ne s'étaient pas affrontés une seule fois. Le peintre avait été poli, froid et distant, au point que l'Anglaise se demandait si elle n'avait pas imaginé cet autre Raoul, celui de l'atelier, aux yeux pleins de feu et aux gestes passionnés. Sans savoir pourquoi, elle laissa échapper un soupir.

— Cette pensée devait être profonde, fit remarquer Raoul avec un grand sourire.

« Que ses dents sont blanches et étincelantes », se dit involontairement Dellie en se rappelant le goût de ses lèvres. C'était ridicule, elle ne ressentait même pas une sympathie particulière envers cet homme.

— Je rêvais, répondit-elle après un moment de silence. Ce caractère médiéval du Puy... on se croirait dans un autre siècle.

— Les Grecs, les Gaulois, les Romains, tous sont venus ici. La ville est si ancienne que personne ne connaît vraiment son origine.

Il effectua une manœuvre pour pénétrer dans une rue

étroite, faisant fuir un groupe d'enfants jouant à la balle.

— C'est jour de marché, annonça-t-il en glissant son véhicule dans une place de stationnement miraculeusement libre, les étals ne sont pas loin, si cela vous tente...

— Oui, s'il vous plaît, l'interrompit-elle, les yeux brillants.

Raoul répondit par un sourire et se pencha sur elle pour ouvrir la portière. Elle retint son souffle tandis que son bras la frôlait.

Elle se glissa hors de la voiture et fit quelques pas pour se dégourdir les jambes. En vue de leur expédition, elle s'était habillée confortablement : pantalon de laine couleur rouille, plus foncé que ses cheveux, lourd cardigan en angora, de même teinte, enfilé sur un tricot bleu marine. Ses cheveux tombaient en cascade sur ses épaules, agités par la brise. Elle avait l'air jeune, fraîche et bien dans sa peau.

Toujours souriant, Raoul l'attendait tandis qu'elle contournait le véhicule. Quand elle l'eut rejoint, il se dirigea vers la place du marché. Elle le suivit, vaguement déçue qu'il ne lui eût pas pris le bras. Il n'était évidemment pas homme à se montrer galant. Dellie, qui avait toujours été jalouse de son indépendance aurait, pour une fois, accepté d'être cajolée.

Elle comprit bientôt pourquoi il avait garé la Porsche aussi loin : les abords de la place étaient un fouillis pittoresque et bruyant de carrioles, de paysans entremêlés à la foule des acheteurs.

Le marché se révélait une mosaïque de couleurs. D'un côté, une rangée d'étalages recouverts d'un tapis rouge de fraises, voisinaient avec les verts des choux et des laitues, l'orange des échalotes. En face, on admirait les jaunes des mottes de beurre et les rayons de miel doré. Ailleurs les éventaires des poissonniers s'égayaient de truites argentées et bleutées et quantité d'autres poissons et de crustacés, disposés avec l'art d'un peintre de natures mortes. Et bien entendu, de nombreux étals supportaient une collection de fromages, souvent cylindriques : Cantal, Saint-Nectaire, les différentes Fourmes, Picodon de Saint-Agrève, Tomme de Brach, les différents Bleus d'Auvergne et enfin le célèbre Roquefort.

Dans un coin du marché, un peu à l'écart de la foule, étaient installés les marchands de dentelle. Dellie ne se lassait pas de toucher ces petits chefs-d'œuvre d'artisanat, foulards, cols, petits coussins, grandes nappes ayant dû demander des mois de travail. Raoul lui expliqua que pendant des siècles, le Puy, comme les régions du Velay et d'Arlanc, était un centre important de fabrication de dentelles à main, aux fuseaux ou à l'aiguille. Les femmes y travaillaient tout l'hiver, dans les villages isolés par les neiges.

— Il y a un siècle, précisa-t-il, il y avait davantage de dentellières dans cette région que dans toute la Belgique, puis est venu l'époque du machinisme. Cette activité est en train de mourir.

— Mais regardez le nombre d'étalages…

— … Destinés aux touristes. Les ouvrages sont toujours fabriqués dans les environs du Puy, mais les mains sont devenues moins habiles.

— Je trouve que c'est merveilleusement délicat, répliqua Dellie sur un ton provocant, ce qui fait de moi une touriste typique.

Ils s'arrêtèrent devant un étal. Dellie remarqua une blouse et la prit pour mieux l'admirer. De couleur havane, c'était une réussite de légèreté et de finesse. La dentelle arachnéenne était montée sur une doublure de coton très fin. Celle qui l'avait confectionnée avait dû hériter, quoique Raoul pût en dire, de l'habileté de ses ancêtres. Les motifs étaient traditionnels, mais la coupe résolument moderne dans sa simplicité, avec de longues manches étroites et un décolleté que Dellie jugea vertigineux, se demandant si elle oserait jamais en porter un pareil. Elle poussa un soupir de regret, reposa la blouse et fit l'acquisition d'un délicat mouchoir destiné à sa tante.

— Il est temps de penser à vos chaussures. Je connais un magasin non loin d'ici.

Raoul conduisit Dellie dans une rue commerçante escaladant le rocher. Comme dans toute cette partie du Puy, les maisons s'élevaient directement au bord de la chaussée étroite. Il n'y aurait pas eu suffisamment de place pour aménager un trottoir, ne fut-ce que d'un seul côté.

— J'ai moi-même deux ou trois courses à faire, annonça-t-il, je vous suggère de vous retrouver dans une heure et demie au petit café sur le boulevard Saint-Louis.

— Ne restez-vous pas avec moi ?

Dellie était déçue et fâchée contre elle-même. Sa question était ridicule : qu'avait-elle besoin de Raoul pour choisir une paire de souliers de marche ?

— Certainement pas, répondit-il sur un ton léger.

Il lui indiqua comment se rendre à la buvette et s'éloigna.

Il était près de midi et demi quand elle arriva au café, portant un filet à provisions. En plus des chaussures, elle avait acheté du shampooing, une boîte de truffes en chocolat destinée à Mme de Briand et un presse-papier, déniché dans une boutique d'antiquaire, pour son oncle.

Raoul était déjà là. Se balançant nonchalamment sur sa chaise, il lisait un périodique. Dellie s'empara d'un siège et s'assit. Il plia son journal et le posa sur la table de marbre.

— Alors, votre mission est-elle accomplie ?

— Oui, j'ai découvert d'intéressantes boutiques, encore que le lèche-vitrines ne représente pas mon occupation favorite.

Il lui lança un coup d'œil incrédule.

— Je croyais pourtant que c'était, pour le sexe féminin, une obsession.

— Il vous reste encore beaucoup à apprendre sur les femmes, rétorqua-t-elle en riant.

— C'est bien ce que je commence à comprendre, murmura-t-il. Commencez mon éducation en m'indiquant vos préférences gastronomiques.

Il la conduisit dans un petit restaurant d'habitués que jamais un touriste n'aurait découvert. Elle choisit des quenelles de brochet et exigea une salade de lentilles vertes, pour lesquelles Le Puy est justement renommé — elle avait découvert cette préparation lors de son premier dîner à Montperdu — Le choix de Raoul se porta sur des écrevisses à la nage qu'il fit simplement suivre d'un fromage de chèvre. Pendant le repas, arrosé d'une bouteille de Pouilly blanc fumé, ils parlèrent agréablement d'une quantité de sujets et Dellie constata avec plaisir la disparition presque totale de toute animosité de la part de Raoul, lequel se montra un charmant compagnon.

— Etre un artiste doit présenter des avantages, fit-elle remarquer en dégustant son café. Vous organisez votre emploi du temps comme bon vous semble, vous prenez des vacances selon votre fantaisie et vous ignorez la routine quotidienne des heures de bureau. Il n'est pas question pour vous de travailler de neuf heures du matin à six heures du soir.

— Je travaille souvent beaucoup plus que cela.

— Pourquoi avez-vous décidé de peindre sous le nom de Saint-Just et non sous celui de Briand ?

— Mon vrai patronyme était trop connu de la

génération précédente, ma mère étant une actrice célèbre. J'ai refusé de profiter de cette notoriété. En outre, pour des raisons familiales, il m'amusait beaucoup de prendre le nom de Saint-Just.

— S'il s'agit de raisons familiales, je ne veux pas me montrer indiscrète.

— Mais pas du tout, il n'y a aucun secret là-dessous. Voyez-vous, dans l'histoire de France, le nom de Saint-Just est, comment dirais-je... infâme.

— Comment cela ?

— Principalement à cause de Louis Antoine Léon de Saint-Just. Après la Révolution, il fut le premier à prendre la parole à la Convention pour réclamer la tête de Louis XVI. Il admirait Robespierre dont il devint l'ami et qu'il poussa aux mesures les plus extrêmes.

— Est-ce un de vos ancêtres ?

— Cela remonte à près de deux siècles. Je n'ai jamais eu la curiosité d'entreprendre des recherches. Quoiqu'il en soit, c'est une des personnalités les plus fascinantes de cette époque.

— Je dois confesser que mes connaissances historiques sont un peu limitées.

— Très beau, insolent et cruel, c'était un fanatique dont les discours frappaient, selon le mot d'un historien, « comme des coups de hâche ». Il fut un partisan acharné de la dictature révolutionnaire et un des responsables de la Terreur. Quand Robespierre et ses partisans furent à leur tour traînés sous la guillotine, Saint-Just fut le seul a conserver jusqu'au bout une dignité hautaine.

Dellie, se rappelant la fureur froide de Raoul dans la tour, se demandant s'il n'avait pas hérité dans une certaine mesure du caractère de son ancêtre infâme et illustre.

— Au nom du ciel ! pourquoi avoir choisi ce patronyme ?

— Peut-être pour prouver que le nom de Saint-Just n'est pas toujours synonyme d'inhumanité.

Il écrasa dans le cendrier sa cigarette à moitié fumée et ajouta après un moment de silence :

— Ou alors parce que je ressens, malgré moi et en dépit de tout, une profonde admiration envers l'implacable Saint-Just.

— Cela me paraît effrayant, quelles que soient vos motivations.

— Oublions cela, je vous en prie, dit-il en riant. Vous sentez-vous toujours en forme pour escalader l'aiguille ?

— Vous voulez parler de *Saint-Michel ?* Certainement, si vous êtes disposé à m'accompagner.

— Alors, allons-y. Mais déposons d'abord vos paquets dans la voiture.

La montée fut rude. Au sommet, Dellie était hors d'haleine, bien que son compagnon l'eût obligée à s'arrêter plusieurs fois.

— Cela valait-il la peine ?

— Raoul, c'est absolument magnifique !

— La chapelle date du XIe siècle. Elle a probablement remplacé un temple dédié à Mercure, le dieu du Commerce, des Voleurs et des Voyageurs. C'était autrefois un hermitage. Les moines s'y installaient et ne redescendaient plus jamais dans la vallée.

— Votre histoire est triste ! Passer ainsi toute sa vie à mi-chemin entre ciel et terre ! Personnellement, la solitude me pèserait.

— C'était peut-être aussi le cas des religieux. Ou bien trouvaient-ils ici la paix qui leur était refusée en bas…

— Quelle existence pénible !

Raoul lui lança un regard amusé. Le vent lui rabattait ses cheveux sur le visage et elle les écartait d'un geste impatient.

— Effectivement, je vous vois mal dans un couvent. Je vous imagine plutôt à la cour d'un prince de la Renaissance ou même dans le rôle de Boudicca, la reine anglaise qui lutta contre les Romains, en en massacrant, paraît-il, soixante-dix mille.

Dellie ne pouvait réagir à la remarque de Raoul que de deux façons : se fâcher ou en rire. La journée se déroulait beaucoup trop bien pour qu'elle eût envie de reprendre les hostilités. Elle prit le parti de s'esclaffer.

— Qui sait ? Je ferais peut-être une très bonne religieuse.

— Excellente, je n'en suis pas convaincu, mais très jolie, certainement.

— Je vous remercie du compliment.

Elle lui décocha un ravissant sourire.

— Vous devriez sourire plus souvent, cela convient à votre bouche.

— Vous prétendiez qu'elle était trop grande, lorsque vous l'avez décrite à votre mère.

— Ai-je vraiment affirmé cela ? Il faudrait probablement que je révise mon appréciation d'ensemble.

— N'en faites rien. Votre orgueil pourrait en souffrir.

— Rendez-vous toujours coup pour coup ?

— Je crois aux relations de réciprocité. Une femme ne doit pas accepter d'être soumise.

— Oh, non ! Ne me dites pas que vous êtes encore une de ces féministes de choc.

— Tout pour l'émancipation de la femme, c'est ma devise, répliqua vivement Dellie qui, jamais, ne s'était préoccupée de ces problèmes.

— Plus d'inhibitions, plus de barrières, n'est-ce pas ? Liberté absolue, comme les hommes, remarqua-t-il sur un ton grinçant.

— J'ai mes propres règles de vie.

— Je n'en doute pas.

90

— Une de ces règles est de ne pas discuter de morale avec quelqu'un qui n'a, de toute évidence, pas de moralité.

— D'où tirez-vous une idée pareille ?

— Si vous n'avez pas de mémoire, je ne vais pas vous la rafraîchir. Il est des choses que je préfère oublier.

— Vraiment ? Y compris Rhys ?

Il y avait soudainement de l'orage dans l'air, bien que le ciel fût tout bleu. L'innocente passe d'armes se tranformait en duel sanglant. Dellie frissonna et se détourna.

Il y eut un silence pesant, puis il posa une main sur son bras en disant d'une voix douce :

— Je vous demande pardon.

— Vous n'êtes pas capable d'oublier une minute, répondit-elle d'un ton amer en le repoussant.

— Je vous ai demandé de me pardonner.

Il avait prononcé ces derniers mots difficilement, comme quelqu'un peu habitué à s'excuser. Le visage dur, il fixait l'horizon.

— Dois-je vous implorer à genoux ?

Il y avait un soupçon d'ironie dans son intonation et Dellie capitula.

— Je vous pardonnerais si vous redescendiez à genoux les deux cent... combien avez-vous dit ? deux cent soixante-huit marches.

— J'ai une autre idée, proposa-t-il en lui prenant le bras. Pour faire amende honorable, je vous invite à dîner en rentrant à Montperdu. Je connais l'endroit idéal. Une délicieuse auberge à quelques kilomètres au-delà de Saint-Just-Le-Haut.

— D'accord, mais n'est-ce pas encore un peu tôt ?

— Vous avez raison, mais quand nous aurons visité la cathédrale et admiré le trésor, puis roulé pendant deux heures, nous serons prêts pour un excellent repas.

Un des talents de Noëlle est de savoir en proposer de mémorables.

— Noëlle ?

— La femme qui tient l'auberge. Noëlle Rossignol, une veuve... elle ouvre son établissement à cette époque, pour l'été.

Dellie imaginait quelqu'un comme Ernestine ou Marie-Ange, une de ces merveilleuses cuisinières de campagne, simple et un peu bourrue, capable de surpasser les meilleurs chefs en ce qui concerne la cuisine régionale. Elle se réjouissait de déguster un dîner qui ferait des envieux quand elle en parlerait à Londres.

Raoul commenta en expert la visite de la cathédrale, qui avait succédé à une basilique, elle-même construite sur l'emplacement d'un temple romain. Il lui montra la statue en bois de la Vierge noire qui avait remplacé celle offerte par Saint-Louis à son retour de la croisade d'Egypte, brûlée pendant la Révolution. Ils contemplèrent le trésor et notamment la célèbre bible de Saint-Théodulfe, calligraphiée sur vélin pourpre et parchemin blanc.

Dellie était enchantée de son après-midi, mais en son for intérieur, elle préférait la simplicité de Saint-Michel d'Aiguilhe. Epuisée par une journée fatigante, elle reprit place avec plaisir dans la Porsche. Elle se carra sur son siège et laissa échapper un bâillement.

— J'espère que vous n'allez pas vous endormir. Vous êtes en train de devenir une vraie Auvergnate, tôt couchée, tôt réveillée.

— J'ai remarqué que tout le monde se lève avec le soleil à Montperdu. Est-ce l'habitude dans la région ?

— C'est pire, on ferme les volets à la tombée du jour et les lumières ne restent jamais longtemps allumées. Au fond, c'est un rythme de vie médiéval.

— Mais les antennes de télévision n'ont rien de

moyenâgeux. J'en ai vu sur certaines des maisons les plus pauvres.

— La vie change, il est vrai, mais à Saint-Just-Le-Haut, le fruitier parcourt toujours les rues chaque mardi en agitant une sonnette pour annoncer l'arrivage de produits frais. Le barbier tient boutique chaque samedi dans l'arrière-salle du café. Le garde champêtre donne lecture sur la place des arrêtés municipaux et porte la casquette de cuir ayant appartenu avant lui à son père et à son grand-père qui exerçaient les mêmes fonctions.

Dix minutes après avoir traversé Saint-Just, Raoul emprunta un chemin vicinal serpentant entre forêt et pâturages.

— L'auberge n'est pas loin. Vous sentez-vous en appétit ?

— Je meurs de faim, je crois que je pourrais manger un cochon de lait à moi seule.

— Cela tombe bien. Quand j'ai téléphoné à Noëlle cet après-midi, je lui ai annoncé que nous serions très affamés.

L'auberge était une vieille gentilhommière, récemment restaurée avec beaucoup de goût. Des rosiers grimpaient au mur, un jardin potager s'étendait d'un côté de la demeure.

Son compagnon arrêta la Porsche et vint, pour la première fois, ouvrir la portière de Dellie. C'était vraiment la journée des miracles... Il lui prit fermement le bras pour la conduire jusqu'à l'entrée. Elle se laissa faire de bonne grâce. Qu'avait dit Mme de Briand ? Même les grandes filles ont parfois besoin de s'appuyer sur un bras solide. C'était bien le cas de celui de Raoul.

Ils pénétrèrent dans l'établissement. Le hall était faiblement éclairé, meublé avec un goût sûr.

— Donnez-moi votre cardigan, vous n'en aurez pas besoin. Il fait chaud dans la salle à manger, mais je ne peux dire la même chose du reste de la maison, conseilla-t-il en habitué des lieux.

Une porte s'ouvrit et la silhouette noire d'une femme se découpa dans le rectangle lumineux. Raoul s'approcha d'elle et l'embrassa affectueusement sur la joue. L'Anglaise, aveuglée par la lumière, ferma à demi les yeux pour mieux voir. Raoul avait posé son bras sur les épaules de l'inconnue.

— Noëlle, je te présente Dellie, Delilah Everett, dont je t'ai parlé. Dellie, Noëlle Rossignol.

Dellie reçut un choc : c'était la femme du portrait. Il n'y avait pas à s'y tromper, sinon qu'elle était d'une beauté encore plus éclatante. Le dédain et la suffisance perceptibles sur la toile étaient maintenant invisibles, probablement habilement dissimulés. Noëlle Rossignol avait une plastique irréprochable. Elle était élégante du bout des ongles à l'extrémité de ses cheveux noirs comme jais. Ses lèvres de corail étaient sensuelles et son nez incontestablement parfait. A côté de cette créature sophistiquée, Dellie se sentit lourde, gauche et très vulnérable.

— Ravie de vous rencontrer, madame, déclara-t-elle en lui tendant une main qu'elle sentait moite.

Noëlle Rossignol ne parut pas remarquer la paume tendue. Elle s'adressa à Raoul avec un sourire complice révélant deux rangées de petites dents impeccables.

— Mais Raoul, mon cher, tu ne m'avais pas dit que Miss Everett était rousse. Quels cheveux éblouissants !

Elle se retourna vers Dellie, qui avait laissé retomber son poignet et bouillonnait intérieurement.

— Miss Everett, passons au salon, vous avez l'air épuisée. Que lui as-tu donc fait, Raoul ? s'enquit-elle en passant son bras sous le sien.

— Nous avons entrepris la tournée des monuments du Puy.

94

— Tu t'es certainement montré un guide trop zélé. Regarde Delilah, elle n'en peut visiblement plus.

— Etant montés à Saint-Michel d'Aiguilhe, nous sommes fourbus l'un et l'autre.

— Pourtant tu sembles parfaitement frais, Raoul. Mais pourquoi dépenser ton énergie pour cela ? demanda-t-elle en haussant délicatement les épaules. C'est un effort que je ne ferais pour personne.

— J'ai pris plaisir à chaque minute de l'escalade, fit remarquer Dellie en détachant soigneusement chaque syllabe.

Raoul et Noëlle se retournèrent et la dévisagèrent avec étonnement. L'agressivité feutrée de Mme Rossignol l'irritait au plus haut point. Celle-ci fit entendre un rire cristallin, parfaitement étudié.

— Il va sans dire que vous y avez pris plaisir. Il ne saurait en être autrement quand on est en compagnie de Raoul. On se sent tellement choyé.

— Vraiment ? répondit Dellie en imitant le rire artificiel de l'autre, on ne l'a pas remarqué.

Raoul lui lança un coup d'œil et intervint :

— Rentrez vos griffes, Dellie, je vous en prie. Nous sommes les hôtes de Noëlle qui est une de mes vieilles amies.

Il l'avait morigénée comme un enfant mal élevé. Elle lui jeta un regard indigné car, en toute équité, il aurait dû plutôt sermonner sa « vieille amie ».

— Je ne doute pas qu'elle le soit, rétorqua-t-elle avec un sourire doucereux.

— Tu peux constater toi-même, cher Raoul, que tu as surmené Delilah. Elle ne réussit même plus à se contrôler et a besoin d'un remontant. Toi aussi, certainement, tu as dû passer une journée accablante.

— Volontiers, se borna-t-il à répondre, sans relever la perfidie. Je prendrai un whisky avec des glaçons. Ne te dérange pas, je vais m'en occuper.

Il se dirigea vers le bar et s'occupa des boissons. « Il est vraiment chez lui ici », songea Dellie, de plus en plus agacée. Elle accepta un vermouth et alla s'asseoir dans un fauteuil.

— Raoul, je suis si contente de te voir. Tu devrais user plus souvent du téléphone.

— A mes yeux, c'est un instrument de torture.

— Mais bien utile. Sans lui, comment aurais-tu appris que je n'étais plus à Paris ?

Raoul, assis sur un canapé, à côté de leur hôtesse, paraissait avoir oublié la présence de l'Anglaise.

— Je suppose que tu n'y retourneras plus avant l'automne. Quand ouvriras-tu ?

— Dans huit jours. La plupart des employés sont arrivés.

Dellie, laissée à l'écart de la conversation, en profita pour observer Noëlle Rossignol. C'était une grande femme, admirablement proportionnée. Elle portait une longue robe de soie bleu turquoise, provenant indiscutablement d'un grand couturier parisien, mettant en valeur ses formes presque généreuses. Dellie aurait aimé lui découvrir une imperfection, mais elle n'en remarquait, à son grand regret, aucune.

— Seras-tu obligé de regagner bientôt Paris pour ton exposition ?

— Non, ce ne sera pas nécessaire. La plupart des toiles y sont déjà. Celles que j'enverrai d'ici seront enlevées la semaine prochaine. Je ne m'y rendrai moi-même que dans un mois, à l'occasion du vernissage.

— Seras-tu absent longtemps ? lui demanda Noëlle avec une petite moue boudeuse.

— Quinze jours au plus. Je passerai le reste de l'été à Montperdu.

— C'est merveilleux. On s'ennuie parfois dans cet endroit reculé, quand on est... seule.

« Elle joue à la veuve inconsolable, se disait Dellie,

mais je la soupçonne d'être plutôt une veuve joyeuse. »
Raoul prit deux cigarettes qu'il alluma simultanément
et en tendit une à Noëlle.

— Pourrais-je en avoir une aussi ?

Il pivota brusquement sur lui-même, étonné par cette
demande inattendue. Il se leva pour lui apporter la
seconde puis alla reprendre sa place à côté de Noëlle.

— Personnellement, j'adore être seule, annonça
Dellie, mais pour certaines, qui n'ont pas de richesse
intérieure, cela doit être difficilement supportable, je
suppose.

Raoul lui lança un regard noir.

— Et certaines n'ont aucune éducation, fit-il observer d'un ton froid.

— Je croyais que nous nous étions mis d'accord pour
ne pas parler de morale.

— Je ne parle pas de morale, mais de savoir-vivre.

— Le vôtre ou le mien ?

— Voyons, ne vous enflammez pas, conseilla Noëlle
d'une voix douce, visiblement enchantée de son rôle de
médiatrice. Il faut que vous passiez à table. Pierre
prépare un soufflé aux marrons et il ne se consolerait
pas de le voir retomber avant de le servir.

Elle caressa la main de Raoul avec l'extrémité d'un
doigt à l'ongle soigneusement verni et ajouta, char-
meuse.

— Raoul très cher, me permets-tu de me joindre à
vous ? Il y a si longtemps... et l'auberge n'est pas encore
ouverte.

— Bien entendu, rien ne me serait plus agréable que
ta compagnie.

Ils pénétrèrent dans la salle à manger. Dellie fut
agacée de constater que le couvert avait été dressé pour
trois. Noëlle n'avait donc pas douté un instant qu'elle
serait invitée à partager leur repas.

Celui-ci fut, comme prévu, exemplaire. Dellie, qui se sentait de trop, ne l'apprécia pas à sa juste valeur. Pourtant un maître d'hôtel parfaitement stylé leur servit de délicieuses truites au bleu, suivies d'un carré d'agneau dont la chair était encore un peu rose. Un *Hermitage* blanc bien frais et un *Château La Conseillante* soigneusement décanté dans une carafe de cristal prouvèrent la qualité de la cave de Mme Rossignol. Il eût été dommage de faire attendre le soufflé aux marrons, léger et onctueux, avec lequel Noëlle proposa du Champagne.

Dellie ne se mêla pas à la conversation des deux autres. Ils discutèrent d'amis communs, dont elle ignorait évidemment tout, des derniers potins de Saint-Just-Le-Haut, de l'opportunité d'aménager une seconde salle à manger et, bien entendu, de la capitale française.

Dellie apprit que Raoul et Noëlle se voyaient à Paris, où il possédait un atelier et où elle habitait la majeure partie de l'année.

— Raoul, il faut absolument changer d'atelier. Tu n'es vraiment pas installé dans un quartier agréable.

Noëlle se pencha vers Raoul d'une manière qui voulait démontrer combien ils étaient intimes et ajouta d'un ton autoritaire :

— J'insiste pour que tu déménages. Cet endroit n'est vraiment pas digne de toi.

Dellie posa son regard sur Raoul. Les deux coudes sur la table, il réchauffait son cognac dans la coupe de ses mains, esquissant un sourire énigmatique. Elle s'attendait à ce qu'il dît à Noëlle de se mêler de ce qui la regarde, mais il plongea ses lèvres dans son verre sans lui répondre.

C'est alors que Dellie comprit pourquoi elle se

sentait aussi malheureuse : elle était tenaillée par la jalousie.

Et elle était jalouse parce qu'elle était tombée éperdument amoureuse de Raoul de Briand.

8

— Vous étiez une invitée délicieuse...

La voix de Raoul était lourde de sarcasme. Il conduisait vite, se concentrant pour éviter les pièges de la nuit et de la route accidentée.

— J'ai à peine dit un mot, rétorqua Dellie.

C'était tout à fait exact. Après les propos cinglants dans le salon et la soudaine révélation des sentiments qui la troublaient, elle n'avait presque plus ouvert la bouche, sinon pour murmurer un remerciement au moment de prendre congé.

— C'est vrai, quelques mots seulement, mais admirablement choisis.

Il négocia un tournant sur les chapeaux de roue, passant ses nerfs sur la boîte de vitesses.

— Ce que vous pouvez parfois être agressive !

— C'est un de mes talents, reconnut-elle avec une insouciance factice.

Il s'avérait inutile de lui rappeler Noëlle Rossignol. Elle l'avait trop présente à l'esprit. L'autre aussi savait être agressive, mais suffisamment intelligemment pour que Raoul ne s'en aperçût pas. Dellie avait une boule dans la gorge : être arrivée à l'âge de vingt-quatre ans sans attache sentimentale, le cœur intact, fière d'avoir su garder son indépendance et tomber stupidement amoureuse d'un homme qui justement la haïssait !

Raoul bloqua les freins et la voiture s'arrêta brutalement dans la cour du château. « Je dois absolument lui adresser une parole aimable pour dissiper le malaise et retrouver, si possible, l'atmosphère amicale de l'après-midi », songeait Dellie.

— Raoul... murmura-t-elle au moment où il se glissait hors de la voiture. Il ramassa un paquet derrière les sièges et claqua la portière. Soit ne l'avait-il pas entendue, soit avait-il choisi de l'ignorer...

Dellie resta un long moment prostrée à l'intérieur du véhicule. Elle entendit Raoul se diriger vers son atelier dont la lumière éclaira la cour un instant. Il referma la porte et l'Anglaise demeura seule dans la pénombre avec ses pensées. Cette journée, avec ses heures gaies et ses heures de désespoir se graverait à jamais dans sa mémoire. L'orgueilleuse Miss Delilah Everett, si farouchement jalouse de son indépendance, si fière d'avoir toujours su mener sa barque à sa guise, était éperdument amoureuse. Elle brûlait d'une passion sans espoir et avait perdu toute dignité, elle savait que si Raoul ressortait maintenant, elle se précipiterait dans ses bras.

Mais la porte resta close. Elle se décida donc à aller se coucher sans bruit.

Le portail du château étant vérouillé, elle dut se résoudre à utiliser le heurtoir de bronze, appréhendant le regard clairvoyant d'Ernestine auquel rien n'échappait. A son grand soulagement, c'est Héloïse, la jeune domestique, qui l'accueillit.

— Bonsoir, Mademoiselle, Mme de Briand vous attend.

La jeune fille était catastrophée, mais elle ne pouvait que se rendre au salon.

La vieille dame était installée devant la cheminée,

dans son fauteuil habituel. Ernestine était assise à côté d'elle sur une chaise basse et lui faisait la lecture.

— Quand la nuit voluptueuse ouvre ses portes aux amants...

Dellie reconnut un des poèmes du dernier livre de Rhys, celui qu'il lui avait fâcheusement dédicacé. Quand Ernestine eut terminé, sa maîtresse tourna vers Dellie ses yeux éteints au bord desquels perlaient des larmes. Elle leva ses mains pâles et fragiles que la nouvelle venue, tremblante d'émotion, prit entre les siennes.

— Ma chérie, déclara Mme de Briand d'une voix brisée, pardonnez-moi. Ce beau poème a réveillé en moi des réminiscences qu'une vieille femme ferait mieux de laisser dormir. Racontez-moi plutôt votre expédition au Puy.

L'intéressée, la gorge complètement nouée, ne put articuler un mot.

— Vous ne dites rien, ma chérie, que vous arrive-t-il ?

— C'est le poème de Monsieur Rhys qui a attristé Mademoiselle, expliqua Ernestine.

La châtelaine effleura de ses doigts le visage de la jeune fille, inondé de pleurs.

— Le poème, bien sûr. Les souvenirs sont encore trop présents. Suis-je sotte de n'y avoir pas pensé !

L'Anglaise s'agenouilla devant la vieille dame et posa sa tête sur ses genoux. Son corps était secoué par de grands sanglots. « Quelle ironie ! » se disait-elle, elle pleure son fils et croit que je partage sa douleur alors que je suis déchirée par un autre amour, impossible.

Elle l'entendit vaguement murmurer quelque chose à Ernestine. Quand elle se redressa enfin, la gouvernante avait disparu. Eugénie de Briand tenait un verre à la main.

— Buvez ce cognac, ma chérie, cela vous aidera à vous remettre.

— Je vous remercie, je crois en avoir besoin.

Elle avala une gorgée qui lui brûla la gorge, mais lui donna un coup de fouet.

— Je vous demande pardon de ma faiblesse, Eugénie. Maintenant, je vais tout à fait bien.

— Avec le temps, même le blessures de l'âme guérissent, ma chérie. On finit pas ne se rappeler que les choses belles. Votre cœur est encore empli de tristesse, comme l'est le mien, mais je n'oublierai jamais que Rhys aura au moins eu, grâce à vous, un peu de bonheur dans sa vie. Je regrette seulement que vous n'ayez pas eu le temps de vous marier avant sa disparition. Cela me prive du plaisir d'avoir jamais un petit-fils.

Dellie prononça des mots qui lui brisèrent le cœur, mais elle ne trouva rien d'autre pour apporter un peu de réconfort à la vieille dame :

— Il n'est pas trop tard, sûrement Raoul…

— Pas du tout, s'exclama son interlocutrice, Raoul ne se mariera jamais : il est bien trop difficile !

Et elle poussa un soupir déchirant.

— Il semble pourtant très attaché à Noëlle Rossignol, murmura Dellie, s'infligeant ainsi une nouvelle blessure.

— Celle-là ! Si par malheur il l'épousait, jamais elle ne voudrait lui donner d'enfant. Elle aurait trop peur d'abîmer sa beauté, dont elle est si fière. Mais oublions cela. C'est vous dont il doit s'agir maintenant.

— Je vous assure que je me sens parfaitement bien. J'étais un peu fatiguée.

— Vous vous êtes plongée dans votre travail avec trop d'acharnement. Il faut profiter de votre séjour ici pour faire un peu de tourisme. Etes-vous déjà allée à La *Chaise Dieu* ?

— Pas encore.

— Il faut vous y rendre et admirer la fameuse Danse Macabre. Arthur Honneger s'est inspiré de cette peinture murale du xve siècle pour sa célèbre composition. Je demanderai à Raoul de vous y emmener.

Dellie ne voulait à aucun prix passer une autre journée avec lui. Moins elle le verrait, mieux elle se porterait.

— Je suis vraiment trop occupée à trier les papiers de Rhys pour m'absenter longtemps.

— Il n'y a pas d'urgence. Vous continuerez à être la bienvenue ici aussi longtemps que vous choisirez d'y rester. Comme je vous l'ai déjà dit, je vous considère comme ma belle-fille.

— Je ne sais comment vous remercier, répondit Dellie, affreusement mal à l'aise, mais mon oncle tient beaucoup à publier un livre de Rhys le plus rapidement possible. Je ne tiens pas à le décevoir en faisant du tourisme.

-– Dans ces conditions, je n'insiste pas. Acceptez au moins que Raoul vous emmène pique-niquer au Lac de l'*Homme Perdu*. C'est tout près d'ici.

— Quel nom étrange !

— C'est un endroit plein de charme. Combien de fois quand j'étais jeune... enfin, n'y pensons plus. Selon la légende, une ville existait auparavant, avant même l'arrivée des Romains, à l'emplacement du lac. Une sorcière tomba amoureuse d'un homme, mais il ne voulut pas d'elle. C'était un chasseur qui n'avait peur de rien, même pas de la sorcellerie. Il s'éprit à son tour d'une jeune fille.

— Que lui est-il arrivé ?

— La sorcière lui jura que la ville serait détruite si jamais il embrassait sa dulcinée, mais il ne fit que rire de la menace. Le soir même, au moment où il posait ses lèvres sur celles de son amoureuse, le volcan fit éruption, la terre trembla et la cité fut engloutie dans les flots. Aujourd'hui encore, certains prétendent que l'on peut distinguer les maisons disparues au fond du lac.

— Peut-être irai-je aussi les découvrir un jour.

— Je prédis que ce sera le cas. Maintenant, ayez l'obligeance de demander à Ernestine de me reconduire à ma chambre. Je suis une vieille femme et le journée s'est révélée fatigante pour moi. Pour vous aussi sans doute. Je ne veux pas utiliser ma sonnette, de peur de réveiller le reste du personnel.

— Je vais vous conduire moi-même, proposa-t-elle.

— Non, merci beaucoup, mais Ernestine est au courant de mes habitudes. A mon âge, on s'attache à ses petites manies.

— Je vais la chercher et vous souhaite une bonne nuit.

Au cours des semaines suivantes, Noëlle Rossignol vint plusieurs fois à Montperdu. Dellie, se méfiant de ses réactions maintenant qu'elle en connaissait la raison, réussit à ne pas se trahir.

Mais Noëlle, en revanche, ne sut dissimuler son agacement dû à la présence de Miss Everett au château. L'Anglaise prit en conséquence l'habitude de s'enfermer dans la salle de la tour chaque fois que l'autre arrivait. Elle y passait d'ailleurs le plus clair de son temps, si bien que son travail sur les documents de Rhys avait beaucoup avancé. Elle avait déjà divisé le matériel en trois parties : ce qui pourrait être publié aussitôt ; ce qui lui paraissait digne d'intérêt en vue d'une publication ultérieure ; ce qu'elle avait écarté. Il ne lui restait plus qu'à classer les papiers appartenant à cette dernière catégorie. La préparation des livres proprement dits serait achevée par la suite en Angleterre.

Dellie avait très peu vu Raoul depuis l'orageuse soirée à l'auberge. Sans doute Noëlle venait-elle parfois l'enlever et se rendait-il chez elle. Il dînait rarement avec sa mère, mais la jeune fille avait remarqué plusieurs fois Ernestine lui apportant son repas à l'atelier. Peut-être voulait-il terminer le portrait de Noëlle à temps pour son exposition, encore que les autres toiles eussent déjà été enlevées. Elle avait observé un jour leur chargement dans une camionnette.

Elle chassa résolument Raoul de ses pensées et se remit au travail. La seule évocation de Raoul la troublait toujours profondément, la rendait malheureuse et l'empêchait de se concentrer.

Un jour, à la fin de l'après-midi, elle entendit le bruit caractéristique du petit cabriolet blanc de Noëlle. Elle venait de descendre au salon après avoir pris un bain et, en attendant Mme de Briand, buvait un apéritif offert par Ernestine. « Difficile de l'éviter cette fois, se dit-elle, à moins d'aller me réfugier dans la cour intérieure. »

Elle s'y glissa sans tarder. Le fond de l'air étant frais, elle s'aperçut que sa robe de coton imprimé était trop légère pour la saison, mais la perspective d'un tête-à-tête avec Noëlle Rossignol l'incita à rester dehors. Les roses commençaient d'éclore. Elle voulut en cueillir une blanche, très belle, qui accrochait les derniers rayons du soleil.

— Aïe !

Elle retira vivement la main ; une goutte de sang perlait à l'extrémité d'un doigt.

— Chère Miss Everett, il n'y a pas que vous qui ayez des épines !

Elle sursauta, comme piquée une seconde fois, et se retourna brusquement. C'était Noëlle, vêtue d'une somptueuse robe de taffetas chatoyant, qui traversait la cour d'un pas assuré, un sourire apprêté sur les lèvres.

« Une belle fleur épanouie », se dit Dellie, consciente qu'avec sa tenue sobre, elle ne pouvait prétendre rivaliser d'élégance avec l'autre.

— Si vous cherchez Raoul... commença-t-elle avec une amabilité de commande.

— Raoul saura me trouver, coupa son interlocutrice en caressant distraitement de ses doigts fuselés quelques boutons de roses, il n'y a jamais manqué.

— Puis-je vous proposer un cocktail, si toutefois vous avez le temps.

— Raoul ne vous a donc rien dit ? Je suis invitée à dîner ce soir : une visite à maman ; c'est indispensable de temps à autre...

Dellie retint une réplique cinglante. L'intonation de Noëlle laissait entendre qu'il s'agissait d'une corvée. Et cette manière familière de parler de Mme de Briand — « maman », elle en était là ! — était absolument exaspérante :

— Raoul a beaucoup insisté pour que je vienne aujourd'hui, continua l'autre sur un ton suffisant. Il m'a confié que c'était important et qu'il avait à me parler.

Dellie, peu désireuse d'en entendre davantage, s'empressa de changer de sujet.

— Comment avance le portrait ?

Noëlle haussa les épaules.

— Il y travaille jour et nuit. Cet homme est possédé. Possédé ? Oui, possédé de cette belle sorcière...

— Vous avez beaucoup de chance. C'est un grand honneur d'être peinte par Saint-Just ?

— Parlerait-on de moi ?

Raoul s'approcha des deux femmes. Dellie sentit sa gorge se nouer.

— Bien entendu, mon cher. Nous ne pouvions que discuter de vous, et de manière flatteuse. Les oreilles ont dû vous... comment dit-on ?... résonner.

— Tinter, rectifia la jeune fille.

107

Mais Noëlle ignora l'interruption et se tourna vers Raoul dans un bruissement soyeux. Il se pencha sur elle et déposa un petit baiser sur la joue offerte. « Je suis de trop », pensa Dellie, le cœur gros. Et elle s'éloigna pour rentrer au salon.

— Comment ! s'exclama Raoul en fronçant les sourcils, vous voulez vous esquiver dès que j'apparais. Je vous avoue que je ne suis guère flatté.

— J'ai un peu froid, expliqua-t-elle.

C'était parfaitement exact, elle avait la chair de poule.

— C'est parce que vous n'avez presque rien sur le dos, déclara Noëlle avec un rire cristallin. Ravissante, mais fragile...

— Il ne fait vraiment pas chaud ici, intervint Raoul en rejoignant l'Anglaise.

Il lui posa sa veste sur les épaules. Jamais, depuis leur excursion au Puy, il ne s'était approché aussi près d'elle.

— Peut-être devrions-nous tous rentrer, suggéra Noëlle avec une nuance d'impatience dans la voix.

— Bonne idée, répondit Raoul en se dirigeant vers la porte. J'ai besoin de boire quelque chose et toi aussi, Noëlle.

Arrivée au salon, Dellie déposa soigneusement la veste sur le dossier d'une chaise, souhaitant éviter tout contact physique avec Raoul au cas où celui-ci voudrait la lui enlever lui-même. Elle l'observa tandis qu'il préparait les cocktails. Sa chemise de soie, au plastron brodé, mettait en valeur ses larges épaules. Son costume, superbement coupé, ne pouvait venir que d'une maison de couture renommée. Mais le Raoul qu'elle aimait n'était pas cet homme du monde à l'élégance raffinée, c'était le Raoul passionné qu'elle avait connu vêtu d'une blouse passée et d'un pantalon maculé de peinture.

— Raoul, ton tailleur est absolument génial, s'exclama Noëlle en ramassant la veste et en la lui apportant. Tu devrais avoir davantage recours à lui à l'avenir et enfin te faire confectionner des vêtements de travail dignes de toi.

Dellie s'efforça d'étouffer un rire nerveux. Noëlle avait pensé à la même chose qu'elle, même si elle était arrivée à une conclusion opposée. Raoul lança à Dellie un bref regard.

— Avez-vous dit quelque chose ? demanda-t-il.

— Non, murmura-t-elle en tentant de conserver son sérieux, seulement un chat dans la gorge.

Elle mit une main devant sa bouche et imita une petite toux.

— Peut-être avez-vous pris froid dehors, ou alors en travaillant dans la tour, dit-il, soucieux, en lui tendant un verre. Désirez-vous reprendre ma veste ?

— Voyons Raoul ! Delilah n'est plus une enfant qu'il faut mettre au lit et border soigneusement au premier éternuement, s'exclama Noëlle, agacée par tant de sollicitude.

— Je n'en suis pas tellement sûr, murmura-t-il.

Mais il s'éloigna et rejoignit Noëlle qui le prit par le bras et l'entraîna devant les tableaux. Affichant une expression timide, elle le regarda par-dessous des cils trop longs pour être naturels.

— Où vas-tu suspendre ton dernier portrait, mon cher ?

— Pas à ce mur.

— N'es-tu pas content de ton œuvre ? demanda-t-elle d'un air dépité.

— Au contraire, je pense que c'est la meilleure toile que j'ai jamais peinte.

— Alors, tu vas l'exposer à Paris. Quand pars-tu ? Dans deux ou trois jours ?

— Oui, environ, mais je ne l'emporterai pas. J'ai

l'intention de la garder au château, dans mes appartements.

— La place d'honneur !

Les yeux de Noëlle brillèrent de plaisir puis une ombre descendit sur son visage. Elle revint à la charge :

— Ne penses-tu pas que le modèle serait fier de le voir exposé... et admiré ?

— Je préfère le conserver pour mon plaisir personnel.

— Mais après tout un portrait, aussi remarquable soit-il, ne saurait remplacer...

Elle ne finit pas sa phrase, mais fit entendre un petit rire entendu. Dellie la compléta mentalement : « ... l'original — c'est-à-dire la séduisante Noëlle Rossignol. » Elle alla se réfugier dans un grand fauteuil et contempla ses mains, posées sur ses genoux. Elle eut l'impression que Raoul l'observait, mais quand elle releva les yeux, son regard était fixé sur le feu pétillant dans la cheminée.

— Je suis heureuse que tu sois satisfait de ton œuvre, et très flattée, continua Noëlle en s'asseyant à son tour.

— Ne le sois pas prématurément, rétorqua Raoul, moins prévenant qu'à l'accoutumée. Attends de l'avoir vu. Peut-être seras-tu déçue.

— S'il te plaît, il me plaira certainement. Quand pourrais-je l'admirer ? J'en meurs d'envie.

— La curiosité est un vilain défaut, ma chère. Je ne laisse personne regarder mes toiles avant qu'elles ne soient terminées, jamais.

« Cela n'est pas rigoureusmement exact, se dit Dellie, moi je l'ai vue ».

Noëlle esquissa une petite moue, désappointée.

— Mais chéri...

— Il n'y a pas d'exception, affirma-t-il sur un ton sans réplique. Quand je peins, la vraie personnalité de mon modèle m'est petit à petit révélée. Le tableau me montre des choses qui échappent au regard. Peindre est pour moi une manière de découvrir l'âme du sujet.

— Une heureuse découverte, j'espère.

— Heureuse… et malheureuse. Découvrir la beauté de quelqu'un, c'est aller au-delà des apparences.

— Tu veux dire comme la série de portraits que tu as faits de la paysanne auvergnate? demanda Noëlle, incrédule. Je ne comprendrais jamais que tu puisses trouver ta cuisinière jolie.

— Marie-Ange possède une beauté qui lui est propre.

Il but son verre et le posa sur la table. Dellie se souvint du sourire qui avait transformé le visage de Marie-Ange, le jour où Ernestine l'avait emmenée à la cuisine et donna silencieusement raison à leur compagnon.

— Cela signifie que tu as du génie, Raoul. J'espère que tu n'as pas d'efforts aussi considérables à déployer pour découvrir de la beauté à ton modèle actuel !

Elle lui décocha un sourire provoquant. Dellie ne put se contenir :

— Ceci n'est pas évident, après avoir découvert ce qui échappe au regard…

Raoul et Noëlle se tournèrent vers elle, comme s'ils venaient de découvrir sa présence. « Que je suis maladroite », se dit-elle, en observant l'expression courroucée de Noëlle et la mâchoire crispée de Raoul.

Mais elle fut sauvée par l'arrivée de Mme de Briand.

9

Malgré tout, la soirée ne s'était finalement pas mal déroulée. Noëlle n'avait pas tardé à retrouver son aplomb habituel. Plus le temps passait, meilleure était son humeur. Elle se montra même absolument charmante avec Dellie. « Sans doute parce que j'ai annoncé que mon travail approchait de sa fin », estima celle-ci.

Mme de Briand, en revanche, accueillit la nouvelle par des protestations :

— Dellie, ma chérie ! Une semaine seulement, c'est peu. Etes-vous certaine de ne pouvoir rester à Montperdu plus longtemps ? Votre séjour m'a paru si bref.

Quant à Raoul, il avait gardé le silence jusqu'au moment où d'autres sujets furent abordés.

Le lendemain il faisait froid. Dellie avait enfilé un gros pull-over avant de se rendre dans la tour. Elle poussa un gros soupir et attaqua la pile de documents rangés sur le bureau.

Fallait-il classer ces poèmes selon leur date, leur thème ou leur style ? Elle n'arrivait pas à prendre de décision ; son esprit engourdi paraissait refuser de fonctionner normalement. Peut-être parce que ces derniers papiers étaient les moins intéressants ? Ou bien parce qu'elle allait bientôt quitter Montperdu pour n'y jamais revenir ? Elle avait appris à aimer cet endroit et la vieille dame autoritaire qui l'habitait. Et puis, elle était tombée amoureuse pour la première fois de sa vie... mais elle ne devait surtout pas penser à Raoul.

Elle s'obligea à se concentrer sur son travail. Si seulement l'écriture de Rhys était plus facile à déchiffrer... La page posée devant elle était un véritable grimoire. C'était un des derniers poèmes de Rhys, couvert de ratures et de modifications, probablement écrit sous l'influence de l'alcool. Peut-être qu'en le dactylographiant, les mots trouveraient plus aisément leur place...

Elle glissa une feuille blanche dans sa machine et entreprit de recopier soigneusement les vers. Absorbée par cette tâche difficile, elle ne sentit pas le temps passer. Quelqu'un frappa à la porte, troublant sa concentration. Probablement était-ce Ernestine l'avertissant, une fois de plus, que l'heure du déjeuner avait sonné. La gouvernante faisait partie de ces gens qui estiment inconcevable de sauter un repas.

Dellie poussa un soupir de contrariété et alla ouvrir.

C'était Raoul. Elle sentit son corps se figer, comme s'il était doué d'une volonté indépendante de la sienne. Il n'était jamais revenu dans la tour depuis ce jour si lointain... Que désirait-il aujourd'hui ?

— Me permettez-vous d'entrer ?

Elle crut discerner sur son visage un sourire sardonique vite réprimé. Il portait un jean constellé de taches de peinture et une chemise de coton d'un bleu délavé ouverte sur la poitrine. Dellie, la gorge serrée, s'efforça d'éviter son regard, de peur de trahir son trouble.

— Bien entendu.

Elle s'effaça pour le laisser pénétrer dans la pièce. Elle avait pris soin de ne pas refermer derrière lui...

— Etes-vous bientôt au bout de vos peines ?

— Oui, répondit-elle simplement, décidée à ne pas

être entraînée dans une discussion pouvant devenir dangereuse.

— C'est bien, déclara-t-il.

Il esquissa un geste d'impatience. « Plus tôt nous serons débarrassés de Miss Everett, mieux cela sera », pensa-t-elle. Il lui tendit un paquet qu'il avait dissimulé derrière son dos.

— Qu'est-ce donc ?

— Acceptez-le comme un rameau d'olivier.

— Ce n'était pas nécessaire, murmura-t-elle, incapable d'esquisser un geste.

— Prenez, insista-t-il. Vous avez apporté un grand réconfort à ma mère. C'est pour moi une manière de vous en remercier.

— Je ne peux pas...

— Oui, vous pouvez.

Une lueur d'amusement illumina ses prunelles sombres et il ajouta en posant le présent sur la table :

— Si vous ne voulez pas le recevoir de mes mains, je le dépose ici et je m'éloigne.

Il se recula de quelques pas. La curiosité étant la plus forte, Dellie prit lentement le paquet et l'ouvrit. Elle n'en crut pas ses yeux : c'était la blouse de dentelle qu'elle avait admirée au Puy. Elle ne put retenir un petit cri de surprise et de plaisir.

— Mais, Raoul...

Elle tourna vers lui un visage rayonnant. Ne pouvant soutenir son regard, elle baissa de nouveau les paupières.

— Portez-la ce soir.

C'était presque un ordre.

— C'est impossible.

— Et pourquoi donc ?

La voix semblait de velours, mais elle ne s'y trompait pas.

— Parce que je ne puis l'accepter. Reprenez-la et

114

offrez-là à… à quelqu'un d'autre, conseilla-t-elle en reposant le vêtement sur le bureau.

— Si vous pensez à Noëlle, elle n'est pas à court de cadeaux et cela ne lui conviendrait pas. C'est fait pour quelqu'un de beaucoup plus svelte.

« Merci du compliment ! » pensa-t-elle, mais elle se garda de rouvrir les hostilités, se bornant à déclarer d'une voix tremblante :

— Je n'en veux pas.

— Alors prenez-la parce que *je* le veux, insista-t-il.

— Non, il n'en est pas question.

Elle se sentait prise au piège. La blouse était magnifique et lui faisait follement envie, mais pourquoi se croyait-il obligé de la lui imposer de cette manière ?

— Dellie, reprit-il d'une voix chaude et persuasive, il est important pour moi que vous acceptiez, mais je ne puis vous en révéler la raison.

— Non !

Sa voix était sortie plus ferme. Il entreprit une dernière tentative :

— Je vous en supplie, murmura-t-il en lui tournant le dos.

Les mots étaient sortis difficilement de ses lèvres serrées. Il avait visiblement déployé un grand effort sur lui-même. Raoul, comme son oncle, était trop fier pour demander une faveur. Elle en fut attendrie et désarmée.

— J'accepte, puisque vous insistez à ce point.

Il eut l'air soulagé d'un grand poids et se retourna.

— Promettez-moi de la porter ce soir.

— Je vous le promets, mais je ne comprends pas pourquoi c'est aussi capital.

— Vous l'apprendrez demain.

Un sourire plissa le coin de ses yeux. Pour une fois, il paraissait presque humain. Elle sentait son cœur battre à grands coups dans sa poitrine et ne savait comment lui dissimuler son trouble. Comme s'il avait senti son embarras, il s'assit à la table et croisa les mains derrière la tête.

— A ce que je vois, l'efficace Miss Everett a réussi sa tâche. Tout semble parfaitement organisé, dit-il en indiquant une pile de grandes enveloppes à l'extrémité du bureau.

— Ces poèmes pourraient être publiés immédiatement. Venez les lire quand vous voudrez, puisque vous désirez que rien ne sorte d'ici sans votre approbation.

— Ce ne sera pas nécessaire, j'ai changé d'avis. Et cela ? questionna-t-il en montrant les papiers étalés devant lui.

— Les documents que j'ai écartés. Je ne crois pas qu'ils méritent d'être édités, du moins pour l'instant.

Il examina quelques feuilles, puis les reposa.

— Je pense que vous avez raison.

— Pour certains vers, je ne suis pas encore tout à fait sûre. Ils sont presque illisibles, tellement il y a de corrections.

— Celui-ci par exemple ? demanda-t-il en prenant le poème sur lequel elle travaillait à son arrivée.

— Il était si confus que j'ai préféré le dactylographier. Je viens de terminer.

Il se pencha sur la machine à écrire et fit tourner le rouleau pour parcourir les dernières lignes.

— Non, ce n'est pas ce qu'il a écrit de mieux.

Il lui lança un regard tout à la fois inquisiteur et rempli d'étonnement, si appuyé qu'il l'obligea à rougir. Il se leva, passa près d'elle à la toucher, ce qui la fit sursauter, et se dirigea vers la sortie.

— A tout à l'heure, n'oubliez pas votre promesse, lui recommanda-t-il avant de fermer la porte sans bruit.

Ces quelques instants passés en compagnie de l'homme qu'elle aimait secrètement, avaient complètement bouleversé Dellie. Elle ne réussit plus à trouver d'intérêt aux griffonnages de Rhys et décida d'aller déjeuner sans plus tarder, ce qui ne pourrait que réjouir Ernestine. Ayant beaucoup de correspondance personnelle en retard, elle se résigna à y consacrer l'après-midi, ainsi qu'à des travaux de couture. Ne méritait-elle pas une demi-journée de repos, après tout ce labeur astreignant ?

Avant de partir, elle mit de l'ordre sur sa table. Au moment où elle retirait la feuille de la machine à écrire, une ligne attira son attention : « Son visage cuivré entrevu à travers le lourd rideau de ses cheveux noirs... » Elle n'y avait pas pris garde précédemment, toute son attention accaparée par la difficulté du déchiffrage. Visage cuivré... cheveux noirs... il s'agissait certainement de Sally. Un détail, peut-être, mais elle se demanda si Raoul s'était rendu compte qu'elle n'avait pu inspirer ce poème, un des derniers de Rhys.

L'eût-il fait que son opinion n'en aurait pas été modifiée pour autant. Il la jugeait immorale et responsable de la mort de son frère. Le cœur lourd, elle poussa un soupir désespéré et vérifia si elle n'avait rien oublié.

La blouse, bien sûr : elle avait promis de la porter... De ses doigts tremblants, elle prit le délicat vêtement et quitta la pièce.

Après le repas, Dellie monta dans sa chambre s'offrir le luxe d'une petite sieste. La fatigue accumulée, nerveuse et physique, la tint endormie jusqu'à la fin de l'après-midi. Elle paressa ensuite longuement dans son bain, le corps alangui, se lava soigneusement les cheveux puis les brossa interminablement, songeant à sa vie professionnelle, si riche, et à sa vie sentimentale, si pauvre.

Elle sortit de sa rêverie et entreprit de se préparer pour le dîner. La blouse n'aurait pu lui aller mieux si elle avait été confectionnée sur mesure, mais son décolleté était vraiment vertigineux, comme elle l'avait supposé au Puy, presque à la limite de la décence. « Quelle importance, se dit-elle, Mme de Briand est aveugle et Raoul a une femme infiniment plus belle que moi en tête. »

Elle choisit une jupe de velours feuille-morte et, contrairement à son habitude, rehaussa l'éclat de son teint avec un savant maquillage. N'ayant pas de bijoux dignes d'être portés avec le chemisier, elle se borna à glisser une rose dans son décolleté.

Il était plus tard que de coutume quand elle arriva au salon. Mme de Briand était déjà installée dans son fauteuil favori et Raoul — son cœur battit la chamade — était nonchalamment accoudé à la cheminée. Il portait un costume bleu nuit mettant en valeur sa mâle beauté. Il lui adressa un sourire de satisfaction.

— Ce soir, une jolie rose anglaise. Merci de vous être souvenue de votre promesse, lui dit-il en la déshabillant du regard.

Pensant à son décolleté indiscret, dont elle ne s'était pas souciée dans l'intimité de sa chambre, elle ne put empêcher le sang de lui monter au visage. Mme de Briand se pencha vers elle, comme si elle eût voulu percer le rideau opaque de sa cécité.

— De quoi s'agit-il ? Quelle promesse ? Je veux que l'on me raconte.

— Dellie m'avait promis de porter une blouse de dentelle qu'elle a trouvée au Puy, répondit Raoul en riant. De couleur havane clair, elle est très jolie et a l'air faite pour elle. Quant à Dellie, elle est belle comme une rose thé.

— Havane clair et rose thé, remarqua la vieille dame, un peu ton sur ton à mon goût.

— Mais quand ses joues s'empourprent, comme en ce moment, la palette de couleurs se complète admirablement.

— Raoul, cesse de taquiner Delilah. Tu ferais mieux de lui offrir un apéritif au lieu de la détailler comme si elle était un de tes modèles.

Pendant le dîner, la jeune fille se détendit graduellement. Elle avait commencé par se tenir raide sur sa chaise, n'oubliant pas son décolleté indiscret et craignant d'exposer outrageusement ses formes. Elle n'osait regarder Raoul, de peur de trahir les sentiments qui la troublaient. Mme de Briand essaya de la convaincre de rester un peu plus longtemps à Montperdu, mais elle ne laissa pas fléchir sa résolution de partir aussitôt son travail terminé. Si seulement Raoul avait joint sa voix à celle de sa mère, elle aurait peut-être cédé. Si l'imminence de son départ l'attristait le moins du monde, il le cachait bien. Il était même de meilleure humeur qu'elle l'avait jamais vu depuis leur journée au Puy, plus détendu, plus heureux. Probablement avait-il décidé de se montrer généreux pendant les derniers jours de sa présence ou alors était-il stimulé par la perspective de son vernissage à Paris ?

Plusieurs fois, elle sentit qu'il cherchait à attirer son regard, mais elle évita soigneusement de rencontrer ses yeux. Quoi qu'il en soit, les mets délicieux, les vins et la gaieté de son hôte firent qu'à la fin du repas, elle se sentait parfaitement à son aise.

— Raoul, Ernestine m'a dit que Noëlle est encore venue au château aujourd'hui, déclara Mme de Briand quand ils furent de retour au salon.

— Ah oui ? se borna-t-il à répondre en l'aidant à s'asseoir dans son fauteuil. Désires-tu une liqueur, maman ?

— Non merci.

Il versa deux verres de cognac et en tendit un à l'Anglaise qui l'accepta avec plaisir, étonnée qu'il eût deviné sa préférence.

— Je crois que Noëlle t'a laissé une lettre, continua

la vieille dame sans se laisser décourager. Mais sans doute Ernestine te l'a-t-elle remise ?

— Non. Elle sait qu'elle ne doit pas me déranger quand je travaille dans mon atelier et je ne l'ai pas vue entre-temps.

— Dans ce cas je vais lui demander de te l'apporter.

Elle tendit le bras pour tirer le cordon de la sonnette suspendu au mur, à sa portée. Quelques instants plus tard, Ernestine apparut.

— Madame désire ?

— La lettre de Mme Rossignol, s'il vous plaît. Et apportez-moi le coffret que nous avons laissé sur ma chiffonnière.

— Tout de suite, Madame.

Dellie se tourna vers Mme de Briand, toute sa bonne humeur disparue. Elle n'avait pas touché à son cognac.

— Seriez-vous fâchée si je vous demandais la permission de prendre congé maintenant, je me sens un peu fatiguée.

— Je vous prie de rester, répondit doucement la vieille dame.

La demande avait été formulée avec gentillesse. Ce n'en était pas moins un ordre. La châtelaine posa ses mains parcheminées sur ces genoux et revint à sa préoccupation première :

— Maintenant, Raoul, que peut avoir à te dire cette femme qu'elle ne t'ait dit hier soir ? Elle est encore restée longtemps après que Dellie et moi sommes allées nous coucher. Dellie chérie, ne trouvez-vous pas que mon fils se consacre trop à cette Noëlle Rossignol ?

L'embarras d'avoir à exprimer une réponse non compromettante fut épargné à l'Anglaise par Ernestine. Raoul traversa la pièce et lui prit des mains une grosse boîte recouverte de velours et une petite enveloppe mauve — « certainement parfumée », pensa la jeune fille. Il revint près de la cheminée et remit le coffret à sa mère avant de décacheter la missive.

Il lut la lettre et esquissa un petit sourire satisfait. Dellie, incapable de supporter davantage la vision de son attachement à Noëlle Rossignol, détourna le regard. Elle l'entendit remettre le billet dans son enveloppe et le glisser dans une de ses poches — sans aucun doute sur son cœur.

— Delilah, je veux savoir si vous portez des bijoux ce soir. Ernestine m'a dit que vous en possédiez peu.

— Seulement une fleur, répondit-elle, crispée par l'angoisse car elle avait cru deviner ce qui allait suivre.

— Dans ce cas, ma chérie, recevez ceci. C'est un cadeau du père de Rhys, Emlyn Morgan.

Et elle tira du coffret un triple rang de perles, énormes et allongées, parfaitement assorties, lumineuses comme seules les vraies perles pouvaient l'être. Le collier était aussi magnifique qu'elle l'avait supposé en le voyant sur le portrait d'Eugénie de Briand. Celle-ci reprit la parole, d'une voix brisée par l'émotion :

— Je ne peux malheureusement plus admirer leur beauté, mais elles vivent dans mon souvenir. De plus, elles sont trop lourdes pour mon vieux corps.

— Il m'est impossible de les accepter.

Dellie était atterrée. C'était le second cadeau de la journée, mais sa valeur dépassait tout ce qu'elle avait jamais pu imaginer. Elle souffrait déjà d'avoir trompé la vieille dame, d'avoir été accueillie par elle comme un membre de sa famille, mais tirer avantage du mensonge qu'elle était en train de vivre, serait épouvantablement malhonnête.

— Prenez-les parce que *je* le veux.

Les mots mêmes de Raoul ! mais elle ne céderait pas cette fois.

— Non, je vous en prie.

— Raoul, Dellie va se montrer difficile. Mets-lui le collier.

— Avec grand plaisir.

Il saisit le bijou des mains de sa mère et passa derrière le fauteuil de la jeune fille. Lentement, il lui glissa le collier autour du cou. Les perles, qui lui parurent comme autant de morceaux de glace, coulèrent sur sa gorge, puis elle entendit le fermoir cliqueter. Elle sentit les mains de Raoul glisser sous ses cheveux jusqu'à ses épaules. Parfaitement immobile, elle osait à peine respirer. Alors une main chaude descendit dans son décolleté et retira la rose qu'elle y avait plantée, puis remonta lentement, s'attardant sur les courbes de sa poitrine, imparfaitement dissimulées par la dentelle. Elle ferma les yeux, un grand frisson la traversa et elle s'efforça vainement de modérer les battements désordonnés de son cœur.

— Raoul, pourquoi restes-tu silencieux ? Comment lui vont-elles ?

Les paroles de Mme de Briand lui produisirent l'effet d'une douche froide. Elle se dressa d'un bond, tremblant de tous ses membres.

— Je ne peux pas les porter, elles ne m'appartiennent pas.

— Elles vous appartiennent dès maintenant, puisque je vous les ai offertes. Rhys aurait voulu vous les donner.

— Non, il…

— Elles vous seraient revenues le jour de votre mariage.

— Mais…

— Gardez-les, mon enfant. Sinon en souvenir de Rhys, du moins en souvenir de moi.

— Mais Rhys ne m'aimait pas. Cela ne s'est pas passé comme vous l'imaginez.

Dellie avait parlé sans s'en rendre compte, les mots

étaient sortis sans qu'elle puisse les en empêcher. La vieille dame demeura silencieuse, le front plissé par la réflexion, puis elle parla d'une voix très lente :

— Alors conservez-les au nom de votre amour pour lui.

— Je n'aimais pas Rhys, non plus, je ne l'ai jamais aimé. Nous n'avons jamais eu l'intention de nous marier. Ces fiançailles n'étaient qu'une fiction. Nous les avions annoncées pour essayer de le protéger de toutes ces ravissantes créatures qui ne cessaient de se jeter à son cou.

— Mais le livre, les poèmes, sûrement…

— Ne comprenez-vous pas que ce n'était pas moi ! Rhys a tiré son inspiration d'une quantité d'autres compagnes. Il n'y a jamais eu une femme unique dans son existence.

— C'est pourtant vous qui comptiez le plus parmi elles. La dédicace est significative : « pour Delilah »…

— Non !

L'Anglaise cherchait désespérément une parole qui puisse effacer la souffrance qu'elle lisait dans l'expression d'Eugénie de Briand, mais il était trop tard, le mal était fait. Elle fut prise soudain d'un besoin irrésistible d'avouer toute la vérité.

— La dédicace ne signifie rien. Je n'étais pas l'amour de sa vie. Cela ne pouvait être davantage moi que n'importe quelle autre. Rhys n'aimait aucune femme, il les aimait toutes. Rien de ce qu'il a écrit, absolument rien, n'a jamais eu de rapport avec moi. Et je n'aurais jamais voulu être son inspiratrice. Nos relations étaient uniquement professionnelles.

— Dellie, pourquoi me racontez-vous ces horreurs ?

Le visage de la vieille dame avait pris une couleur de cire, ses traits exprimaient une totale incrédulité.

— J'essaie de vous expliquer pourquoi il m'est

impossible d'accepter ces perles. Tout m'interdit de les porter.

Elle essaya fébrilement d'ouvrir le fermoir du collier, finit par y renoncer, cacha sa tête dans ses mains et murmura d'une voix altérée par l'émotion :

— C'est un affreux malentendu.

— Un malentendu ? Pendant tout ce temps, vous m'avez laissé croire...

Les mots s'étranglèrent dans la gorge d'Eugénie de Briand. Dellie se sentait prise au piège. Elle se tourna vers Raoul, toujours appuyé au fauteuil qu'elle venait de quitter. Il était tendu comme un animal prêt à bondir, le visage crispé, mais ne la regardait pas. Ses yeux remplis d'inquiétude fixaient sa mère. Il était inutile d'espérer une aide quelconque de sa part. Elle avala difficilement sa salive et se retourna vers Mme de Briand.

— J'ai pensé que c'était plus charitable.

— Charitable ?

La châtelaine s'avança jusqu'au bord de son siège, le corps tendu. Sa bouche vengeresse ressemblait à celle de Raoul. La haine semblait lui avoir redonné des forces.

— Toute cette comédie par charité ! par charité pour *moi* ! Je n'ai que faire de votre pitié. Vous m'avez trompée, mon enfant. Je n'accepte jamais que l'on me trompe.

— Je voulais seulement...

— Vous m'avez laissé croire que vous étiez fiancée à Rhys.

— C'était vrai, mais seulement pour le protéger.

— Vous m'avez laissé croire que vous l'aimiez.

— Je ne l'ai jamais dit.

— Vous ne m'avez pas détrompée.

— Je n'ai jamais souhaité blesser personne.

Les traits de Mme de Briand étaient devenus de

marbre. Elle se tassa dans son fauteuil, paraissant encore plus frêle et vulnérable.

— C'était cependant abuser de ma confiance. Je n'ai rien à ajouter.

Dellie se dirigea d'un pas incertain vers la porte. Raoul observa sa sortie sans dire un mot. Dans le hall, elle s'aperçut qu'elle pressait les perles contre son cœur. Des perles aussi froides que l'expression de son hôtesse.

10

Raoul la rattrapa au pied de l'escalier.

— Dellie... s'écria-t-il d'une voix presque suppliante.

Elle se retourna, toutes griffes dehors, comme un animal blessé.

— Vous ! tout est de votre faute !

Elle savait que c'était un mensonge flagrant, mais elle était folle de rage et avait besoin de passer ses nerfs sur quelqu'un.

— Vraiment ? en êtes-vous si sûre ?

— Oui ! vraiment ! si vous ne m'aviez pas contrainte à porter cette blouse...

— Elle vous va admirablement bien, mais cela n'a aucun rapport avec les événements de ce soir.

— Non ? et si vous ne m'aviez pas touchée comme...

Elle s'arrêta, rouge de confusion.

— Vous auriez tout de même refusé le collier.

— Je ne peux pas vous expliquer.

Elle commença à gravir les marches, mais il l'arrêta par le bras.

— Ne vous abusez pas sur vous-même.

— C'est vous qui avez abusé de ma candeur. M'obliger à faire cette promesse ridicule de revêtir ce chemisier, et sans raison valable, si ce n'est...

— Vous n'avez aucune idée de mes raisons, coupa-t-il d'un ton calme.

Elle lui jeta un regard chargé d'animosité. Il la lâcha, s'en alla sans ajouter une parole et sortit en claquant violemment la porte.

De retour dans sa chambre, Dellie réussit enfin à retirer le maudit collier. Elle enleva la blouse haïe et la jeta dans un coin de l'armoire. Pourquoi Raoul avait-il insisté pour qu'elle la portât ? Elle avait l'impression que si elle n'avait pas été troublée par sa caresse, elle aurait trouvé un moyen moins dramatique de refuser les perles ; ou alors elle se serait peut-être résignée à feindre de les accepter, sachant qu'elle ne les emporterait pas avec elle, en quittant Montperdu.

Les yeux secs et sans plus réfléchir, elle tira ses valises de l'armoire. Elle n'avait plus rien à faire ici ; des paroles irrémédiables avaient été prononcées par elle-même, puis par son hôtesse. Elle avait le cœur serré d'avoir fait involontairement souffrir la vieille dame qu'elle respectait et qu'elle avait appris à aimer. Si elle restait davantage au château, sa présence rappellerait à Mme de Briand ce fils qu'elle devait oublier.

Plus pressant encore était son besoin de fuir Raoul. Jamais plus elle ne serait capable de le regarder en face en se souvenant de sa caresse. Pourquoi était-elle demeurée paralysée quand il avait retiré la rose et que sa main s'était attardée sur le renflement de sa gorge ? A la seule évocation de cet instant, son sang courait plus vite dans ses veines...

Quant à Raoul, il l'avait avertie, longtemps, très longtemps auparavant, qu'il ne lui pardonnerait pas si elle peinait sa mère et elle venait de s'en rendre coupable. Son départ le soulagerait. Le passage de Dellie dans son existence bien remplie ne serait bientôt qu'un incident parmi d'autres, surtout avec l'imminence de son vernissage à Paris.

Evidemment, la mission confiée par son oncle se soldait par un échec puisqu'elle ne rapportait pas à Londres les manuscrits prévus, mais il n'y avait pas d'autre solution que de les laisser dans la tour : elle ne pouvait décemment se permettre de les emporter sans autorisation.

Dellie avait le cœur gros d'abandonner derrière elle le fruit de semaines de travail, mais les principales enveloppes étant soigneusement préparées, peut-être son oncle pourrait-il obtenir, par la suite, qu'on les lui fasse parvenir par la poste. Quant aux documents qu'elle avait écartés, quelqu'un d'autre devrait finir de les examiner et de les classer.

Elle revêtit un pantalon et un vieux chandail, prévoyant de passer une nuit blanche. Il lui fallait organiser sa fuite avec soin : elle sortit de l'armoire une robe de coton bleu marine très simple qui conviendrait pour le voyage — pas trop salissante et suffisamment légère — des sous-vêtements, une paire de collants et des chaussures à talons. Ensuite, elle répartit ses autres vêtements dans ses valises, envisageant de n'emporter que la plus petite. Ernestine se chargerait probablement d'expédier le reste de ses bagages.

Dellie s'étendit sur le lit et contempla le plafond. Elle ne voulait pas dormir, de peur de ne pas se réveiller à temps. Elle devait aussi attendre que tous les habitants du château soient endormis avant de transporter sa valise dans la voiture.

En patientant, elle établit ses plans pour le lendemain. Elle prendrait la vieille Renault — il faudrait penser à un prétexte pour l'emprunter — et la laisserait à la gare de Saint-Just-Le-Haut...

A trois heures du matin, Dellie se glissa silencieusement hors de sa chambre et descendit à tâtons dans l'obscurité, son bagage à la main. Une fois parvenue au pied de l'escalier, elle avança plus facilement : le hall était faiblement éclairé par un rayon de lune.

Elle retint son souffle en ouvrant la porte d'entrée, laquelle ne manqua pas de grincer lugubrement. De l'extérieur, le château luisait dans la lueur blafarde d'une nuit sans nuage, telle une mystérieuse forteresse médiévale. Chaussée d'épais chaussons, elle traversa silencieusement la cour pavée, passa devant l'atelier de Raoul et parvint au garage où elle savait trouver la Renault.

Par bonheur, la porte était entrouverte, ce qui lui permit de pénétrer dans la remise sans avoir à y toucher. Elle avait remarqué que les gonds étaient rouillés et avait craint d'être obligée de faire du bruit.

A l'intérieur, elle n'y vit rien et se heurta presque immédiatement à une masse métallique froide. Elle caressa d'une main l'obstacle pour en déterminer la forme. C'était la Porsche de Raoul. Elle avança avec précaution dans une autre direction, le bras tendu devant elle. Elle eut plus de chance : c'était la Renault qui, Dieu merci, n'était pas fermée à clé.

Elle plaça son bagage sur le plancher, derrière les sièges avant et le recouvrit avec la couverture qu'elle trouva sur la banquette, là où elle l'avait laissée le jour de son arrivée.

Mission accomplie, il ne lui restait plus qu'à retourner dans sa chambre. Elle ne referma pas complètement la portière, par peur de faire du bruit. Elle se borna à la repousser aussi loin qu'elle put, espérant que personne ne remarquerait rien quand il ferait jour.

Elle n'eut pas de difficulté à retrouver la sortie du garage, clairement marquée par un rai de lumière. En sortant, elle heurta un objet métallique qui tinta dans le silence de la nuit comme une cloche. Elle se mit vivement à l'abri dans une zone non éclairée. Son cœur battait à tout rompre à la perspective d'être découverte.

Qui aurait pu l'entendre ? Il n'y avait jamais qu'Ernestine, dont l'oreille était dangereusement fine.

Elle entendit un craquement et vit, affolée, la porte de l'atelier s'ouvrir toute grande. La silhouette massive de Raoul se découpa dans le rectangle lumineux. Dans la cour, son ombre portée évoqua pour elle un géant aux épaules fortes comme un chêne, armé d'une lance. Elle reporta son regard sur lui. Il tenait un long pinceau à la main. L'autre était dans la poche de son blue-jean. L'image même du Raoul qu'elle aimait et qu'elle ne reverrait jamais.

A moins qu'il ne la découvre, ce qu'elle craignait pardessus tout, car elle l'avait évidemment dérangé au moment où il mettait la dernière touche au portrait de Noëlle et il lui ferait une scène épouvantable.

Finalement, ne remarquant rien d'anormal, il rentra dans l'atelier dont elle l'entendit verrouiller la porte. Il lui fallu plusieurs minutes pour réadapter sa vue à la pénombre et rassembler son courage pour la traversée de la cour.

Elle se lava et s'habilla bien avant le lever du jour. Assise au bord de son lit, elle se demandait quel prétexte invoquer pour emprunter la voiture. Un pique-nique ? Non, ses vêtements ne convenaient pas. Soudain, elle se souvint de sa conversation avec Mme de Briand, plusieurs semaines auparavant, à propos de La *Chaise-Dieu* et de la Danse des Morts. Une excursion qui devait prendre la journée : parfait ; personne ne s'apercevrait de sa disparition avant le dîner. A ce moment-là, elle serait presque arrivée à Paris.

Elle récapitula soigneusement les détails de son projet pour s'assurer qu'il n'y avait pas de faille. Ne sachant pas à quelle heure le train venant du sud s'arrêtait à Saint-Just, il lui faudrait gagner la gare le

130

plus tôt possible, après un petit déjeuner matinal, justifié par son intention de parvenir à La *Chaise-Dieu* bien avant midi, obtenir de Gaspard les clés de la voiture, puis partir définitivement. Raoul, ayant travaillé tard dans la nuit, dormirait assurément ; quant à Mme de Briand, elle ne s'éveillait jamais avant le milieu de la matinée.

Oui, le plan était admirable en tous points. Fallait-il laisser un mot pour expliquer où se trouverait la voiture ? Non, ce n'était pas nécessaire : Saint-Just-Le-Haut étant un petit village, la présence de la Renault devant la gare ne passerait pas longtemps inaperçue et le château en serait rapidement informé. De plus, un billet pourrait être prématurément découvert par Héloïse, pendant qu'elle ferait le ménage, et remis à Raoul ou à Mme de Briand avant qu'elle ne soit montée dans le train.

Ernestine parut un peu étonnée quand elle vit Dellie descendre d'aussi bonne heure. Elle la dévisagea d'un air soupçonneux — elle était certainement au courant des événements de la soirée — et la jeune fille se félicita de n'avoir pas pleuré car la gouvernante était remarquablement observatrice.

— Mademoiselle n'a-t-elle pas bien dormi ?

— J'ai très bien dormi, Ernestine. Je vous remercie de votre sollicitude.

Elle tâchait de parler d'une voix gaie, consciente d'avoir les yeux cernés, et se lança dans la description de ses projets d'excursion, mais s'arrêta bientôt, de crainte d'en dire trop et d'éveiller ainsi la méfiance de son interlocutrice.

— M. Raoul n'aimera pas cela.

— M. Raoul n'est pas mon gardien. Je suis capable de trouver mon chemin sans aide et je sais conduire la Renault.

— M. Raoul n'aimera pas cela, répéta Ernestine, entêtée.

— Je m'arrangerai avec lui à mon retour. En attendant, j'accepterais volontiers un petit déjeuner, si vous voulez bien.

— Mais, M. Raoul...

Dellie l'interrompit sans pitié :

— Mme de Briand m'a dit que je pouvais emprunter la voiture quand j'en avais besoin.

— Mais après hier soir...

— Que voulez-vous dire, Ernestine ?

Dellie planta ses yeux dans ceux de la gouvernante. Celle-ci ne soutint pas son regard et se dirigea vers la cuisine, en hochant la tête et en murmurant :

— M. Raoul sera fâché.

L'Anglaise se força à manger son petit déjeuner. N'eût été la présence d'Ernestine, elle se serait contentée de café noir.

— Mademoiselle désire-t-elle que je lui prépare un pique-nique ? La route sera longue.

Ce qui prouvait au moins que la domestique avait admis son excursion.

— Non merci. Je déjeunerai dans un restaurant de *La Chaise-Dieu*. Je me réjouis de goûter aux spécialités locales.

— Comme il vous plaira, Mademoiselle, mais Marie-Ange a confectionné un fameux pâté de lapin et il y a du poulet froid. Je n'en aurais pas pour longtemps...

— C'est très gentil à vous, mais je n'ai besoin que des clés du véhicule et d'une carte. Où puis-je trouver Gaspard ?

— Je vais vous l'envoyer, Mademoiselle. Il est en train de se restaurer dans la cuisine.

Il ne fallut que quelques minutes à Gaspard pour lui expliquer quel itinéraire suivre. Dellie l'écouta avec attention : cela faisait partie de son camouflage.

— Conduisez prudemment, Mademoiselle, le temps est à la pluie. En Auvergne, tombent souvent de véritables déluges et la chaussée serait alors très glissante.

— N'ayez crainte, Gaspard, je serai très prudente.

— La voiture est réparée, mais elle est vieille. J'espère qu'elle marchera bien.

— Tout ira pour le mieux, ne vous en faites pas. Vous pouvez être tranquille.

Gaspard lui offrit de sortir la voiture du garage, ce que l'Anglaise accepta avec reconnaissance, heureuse de n'avoir pas à passer devant l'atelier. Raoul était probablement endormi à cette heure, mais peut-être avait-il travaillé toute la nuit. Elle ne supportait pas la perspective de le rencontrer.

La Renault démarra du premier coup et Gaspard l'amena devant la porte. Avant d'y monter, Dellie regarda une dernière fois le château. De lourds nuages cachaient le soleil et donnaient à Montperdu un aspect sinistre. La pluie allait sans doute bientôt tomber , mais elle serait alors tranquillement installée dans son compartiment, ou au pire à l'abri dans la salle d'attente de la gare de Saint-Just-Le-Haut.

Le chemin sinueux réveilla ses souvenirs : les mains de Raoul crispées sur le volant, Raoul qui roulait comme un fou et avait failli l'écraser, Raoul détendu et souriant quand ils s'étaient rendus au Puy, Raoul furieux, après leur dîner chez Noelle Rossignol.

Elle s'efforça de le chasser de ses pensées et se concentra sur la conduite. Quand le sentier de Montperdu déboucha sur la route, elle tourna à gauche, en direction de Saint-Just. Quand on se mettrait à sa recherche, on penserait qu'elle aurait obliqué à droite vers *La Chaise-Dieu*.

Un peu plus loin, la chaussée commença à remonter en lacets serrés et la voiture eut quelques ratés. Dellie n'avait pas pensé à vérifier le niveau d'essence. Un coup d'œil sur le tableau de bord lui apprit que le réservoir était presque plein.

Le véhicule peina de plus en plus. La jeune fille, qui était déjà en seconde dut passer la première vitesse et n'avança plus qu'au pas. Le moteur se mit à chauffer, fit entendre quelques hoquets et s'arrêta de tourner. Elle serra le frein à main et tenta vainement de le remettre en marche.

Dellie, encore assez loin de sa destination, ne savait comment procéder. Elle venait de passer devant l'entrée du sentier menant chez Noelle Rossignol, mais pour rien au monde elle n'aurait sollicité l'aide de cette femme. Il n'y avait qu'un moyen : abandonner le véhicule et continuer à pied.

Mais si quelqu'un repérait la Renault, arrêtée en pleine campagne, le château en serait aussitôt avisé. Elle décida de se laisser glisser en marche arrière, manœuvre difficile et dangereuse sur une route en lacets, et de dissimuler la voiture sur le chemin de terre de la gentilhommière Rossignol. « Peut-être Raoul va-t-il passer par là... », se dit-elle, puis elle rectifia immédiatement, se torturant délibérément : « Il y passera certainement... »

C'était cependant la moins mauvaise solution. Dellie la mit immédiatement en œuvre. Un quart d'heure plus tard, elle avait réussi. L'automobile était invisible de la route principale, mais ne pouvait malheureusement échapper au regard de quelqu'un venant de chez Noelle Rossignol ou s'y rendant.

Elle serra vigoureusement le frein à main, passa une vitesse pour plus de sûreté et descendit en prenant garde aux broussailles, craignant d'abîmer ses collants. Elle avait laissé les clés sur le tableau de bord : aucun danger puisque la voiture était en panne. Elle ouvrit la portière arrière et enleva la couverture camouflant son bagage.

Que faire ? C'était la plus petite de ses valises, mais elle était cependant trop lourde pour qu'elle envisageât de la porter jusqu'à Saint-Just. On la lui enverrait avec les autres. Elle l'ouvrit et en tira le lourd cardigan qu'elle avait porté au Puy. Elle aurait préféré son chandail rouge, qui aurait séché plus rapidement en cas de pluie, mais elle venait de se souvenir qu'elle l'avait laissé dans l'atelier de Raoul, le jour où il l'avait tellement humiliée. Elle jeta dans son grand sac à main ses objets de toilette, des sous-vêtements, des collants, qui rejoignirent son nécessaire à maquillage, son passe-port et son argent.

Dellie remonta le chemin de terre, regrettant d'avoir mis des chaussures de ville à hauts talons plutôt que des souliers de marche, plus confortables. Elle reprit ensuite la direction de Saint-Just. Parvenue à l'endroit où la Renault avait refusé d'aller plus loin, elle fit une pause. Si elle continuait à cette cadence, elle n'arriverait pas à la gare avant l'après-midi. Si seulement elle pouvait marcher pieds nus, mais la chaussée était recouverte de gravillons coupants comme des silex.

Le sentiment de son impuissance l'enrageait. Elle avait pourtant bien combiné son plan. Pourquoi le destin lui en voulait-il à ce point ? Saint-Just-Le-Haut n'était pourtant pas tellement éloigné à vol d'oiseau, mais la route faisait un grand détour pour éviter un massif tourmenté. Elle aperçut un sentier qui s'enfonçait dans les broussailles. C'était probablement un raccourci permettant de gagner plusieurs kilomètres.

Sans hésiter, elle se déchaussa et s'y engagea. Le sentier grimpait dans la montagne et Dellie marchait d'un pas régulier, certaine d'avoir pris la bonne décision. Elle déboucha sur une crête et distingua au loin les murs de Saint-Just, mais elle n'était pas au bout de ses peines, et de loin : le chemin redescendait dans un creux pour repartir ensuite à l'assaut d'une autre colline. De plus le ciel était menaçant, il ne tarderait pas à pleuvoir. Courageusement elle continua son trajet.

Peu après, elle repéra un ruisseau scintillant derrière un rideau d'arbres. Le sentier en suivait plus ou moins le cours. Après s'être rafraîchie, elle poursuivit sa descente. Une surprise l'attendait : un petit lac lui barrait la voie. Elle s'arrêta pour examiner de quel côté il serait préférable de le contourner. Le terrain était volcanique et la tâche serait ardue.

Soudain, elle se rappela sa conversation avec Mme de Briand. C'était sûrement le Lac de *l'Homme perdu*. L'endroit était effectivement magnifique ; loin de la route, le site n'avait pas été abîmé par la civilisation. D'où elle se trouvait, Dellie ne voyait pas une maison, pas même une cabane. Quant au village, il était maintenant dissimulé par la ligne de crête.

Elle s'approcha du bord pour tenter d'apercevoir des traces de la ville engloutie, mais la surface de l'eau, lisse comme un miroir, ne lui refléta que l'image des lourds nuages obscurcissant le ciel. Un vent froid se mit à souffler et elle sut que la pluie commencerait bientôt à tomber. Il lui fallait se dépêcher si elle voulait éviter de se faire tremper et avoir une chance d'attraper un train.

Le chemin était moins difficile qu'elle ne l'avait craint. Evitant les plus gros rochers, elle s'efforçait de ne pas trop s'éloigner du bord du lac.

— Zut ! s'exclama-t-elle.

L'exclamation lui fut renvoyée plusieurs fois par l'écho. Aucun autre bruit ne troublait le silence, sinon le bruissement du feuillage agité par la bise.

Dellie s'était coincé le pied dans une petite fissure du sol rocheux. Elle tira fermement et rien ne se produisit. Si son pied était entré, il pouvait ressortir. Elle le tourna en tous sens pour le dégager, cherchant la meilleure position, mais en vain. Fatiguée par ses efforts inutiles, elle s'appuya à un bloc de rocaille à sa portée. Elle le sentit osciller, entendit un craquement et poussa un cri de douleur.

Sa cheville était maintenant irrémédiablement prisonnière du rocher. Tout mouvement, aussi minuscule soit-il, provoquait dans sa jambe un élancement insupportable.

— Zut ! zut ! et zut ! cria-t-elle rageusement. L'écho lui répondit de toute part, comme s'il voulait la narguer. Des larmes de désespoir lui montèrent aux yeux, mais elle les réprima, décidée à ne pas pleurer.

Dellie ne pouvait espérer qu'une chose : réussir à faire bouger le rocher. Ce qui se révélait une entreprise difficile, car elle y était adossée. Elle mit un temps infini à changer de position, millimètre après millimètre, craignant à chaque instant de le déséquilibrer dans le mauvais sens.

Finalement, elle parvint à se retourner partiellement et à poser ses mains sur le rocher. Bandant ses muscles, elle tenta de le repousser de toutes ses forces, mais ses efforts furent absolument inutiles. Elle n'y avait gagné qu'un surcroît de fatigue.

Quand elle eut repris son souffle, elle appela à l'aide, davantage par réflexe que par raison, car elle se savait dans un endroit isolé, uniquement fréquenté par des promeneurs. Le temps était trop menaçant pour que quiconque ait envie de venir pique-niquer au Lac de l'*Homme perdu*.

Confirmant ses pensées noires, un éclair déchira la voûte céleste, suivi du sourd grondement du tonnerre. Un instant plus tard, il lui sembla que le ciel commençait à se vider sur elle. Elle arriva à s'étendre à moitié sur le sol et, de son bras tendu, à atteindre son sac à main tombé un peu plus loin. Un dernier sursaut d'énergie lui permit de saisir d'un doigt sa poignée. Lentement, elle replia le coude et ramena le précieux sac près d'elle.

Elle en sortit son cardigan et l'enfila, dans l'espoir qu'il la protégerait provisoirement de la pluie. Sa pochette s'était renversée et son contenu éparpillé sur le sol.

Dellie s'efforça de rassembler tous ces objets, peigne, brosse à dents, nécessaire de maquillage et autres, dérisoirement inutiles dans sa situation. Elle avisa alors une pochette en matière plastique, oubliée dans son sac depuis Londres. Elle en retira un capuchon dont elle se coiffa. C'était sa seule protection contre la pluie torrentielle.

11

Le sol était recouvert d'un brouillard dont des traînées s'élevaient parfois au-dessus du lac, prenant des formes fantastiques.

Dellie se demandait si son imagination ne lui jouait pas des tours. Un cortège de créatures étranges avait peuplé l'interminable nuit. Peut-être cette brume mouvante n'était-elle qu'hallucination. Elle s'immobilisait chaque fois qu'un violent tremblement secouait son corps endolori, lui rappelant qu'elle était faite de chair et d'os.

Pour éviter de sombrer dans la folie, elle concentrait son attention sur de petits objets bien réels, un brin d'herbe sur lequel perlaient des gouttes de rosée, un caillou de forme bizarre, un insecte dans une fente du rocher. Bientôt ce modeste effort l'épuisa et elle ferma les yeux, réveillant ses délires. Depuis combien de temps se trouvait-elle au bord du Lac de *l'Homme perdu?* deux jours? trois jours? une éternité?

D'abord, il y avait eu la tempête, avec des trombes d'eau et un prodigieux ballet d'éclairs accompagné de terrifiants déferlements de tonnerre, comme si la sorcière de la légende était revenue déchaîner les éléments.

Le premier jour, la foudre s'était abattue non loin

d'elle, sur un chêne qu'elle avait coupé en deux aussi aisément que l'on brise une allumette. La tempête s'était calmée après quelques heures. Ensuite une pluie glacée était tombée jusqu'au crépuscule. Dellie, qui avait réussi à s'asseoir contre son rocher, se souvenait s'être réveillée plusieurs fois au cours de la nuit sans étoiles. Le lendemain, un pâle soleil avait fait son apparition. Elle avait retiré son cardigan pour permettre aux rayons de sécher sa robe. Le ciel s'était ensuite couvert et plusieurs averses s'étaient succédé, l'obligeant à remettre sur ses épaules son cardigan encore trempé.

La faim n'avait pas tardé à la tenailler. Que n'avait-elle accepté le pique-nique offert par Ernestine ! Heureusement, elle avait pu calmer sa soif en lappant l'eau accumulée dans des creux du rocher.

Plus tard dans la journée, il s'était remis à pleuvoir. Rien de commun avec le déluge de la veille, mais une petite pluie froide et fine qui lui parut pénétrer insidieusement par tous ses pores jusqu'à ses os. Elle n'avait pu retrouver son capuchon en matière plastique, probablement balayé par le vent.

Ensuite, elle avait perdu la notion du temps. Tantôt elle sombrait dans l'inconscience, tantôt un mouvement involontaire provoquait une douleur insoutenable qui lui rendait toute sa lucidité.

Le deuxième jour — ou était-ce le troisième ? — elle eut de nouveau des hallucinations, non seulement visuelles, mais auditives. Elle entendit des voix et des clameurs se répercuter sur les pans rocheux entourant le lac. A un certain moment, la silhouette de Raoul se dessina dans le lointain, puis sembla se rapprocher, grandissant démesurément au point de boucher l'horizon. Elle retomba évanouie, heureuse d'échapper aux visions créées par son imagination.

— Dellie !

Ce cri résonna dans sa tête et réveilla ses délires. Le mirage cette fois possédait une voix et des mains. Elle se sentit secouée par les épaules ; des doigts touchèrent son visage, sa joue toucha une étoffe rugueuse. L'hallucination était étrangement présente, presque palpable, rassurante. Du fond de sa désespérance, elle souhaita que l'illusion fût réalité.

Puis elle entendit d'autres voix, vit d'autres mains. Quelqu'un introduisit une barre de fer dans la fissure du rocher ; elle fut certaine de le voir remuer. Une douleur fulgurante mordit son pied, gagna sa cheville et remonta dans sa jambe. L'image de Raoul réapparut, un Raoul en colère, mais pas contre elle, contre une autre personne qu'il invectivait. Elle entendit des cris et soudain, la douleur cessa aussi brusquement qu'elle était venue.

Ses hallucinations prirent un cours différent. Elle n'était plus prisonnière. Quelqu'un l'avait enlevée dans ses bras et la berçait comme un enfant. Elle sentit sa force l'abandonner d'un coup et s'évanouit.

Quand elle reprit connaissance, elle se trouvait dans une voiture qui n'était pas celle de Raoul. Quelqu'un d'autre était au volant. Elle eut l'impression que Raoul était à côté d'elle, elle crut même sentir contre son visage sa joue mal rasée.

Le véhicule s'arrêta. On la tira dehors et on la transporta. La tour du château de Montperdu traversa sa vision, puis ce fut le tablier blanc d'Ernestine. Elle perçut d'autres voix, on lui fit monter un escalier, une porte s'ouvrit et elle pensa reconnaître sa chambre.

A moitié consciente, elle vit la gouvernante étendre un drap sur le lit, s'en aller et revenir avec une cuvette. Celui qui la portait l'installa doucement sur le drap. Elle s'empara de sa main, prise de panique à l'idée de se retrouver seule.

— Delilah...

C'était de nouveau la voix de Raoul, inquiète et tendre, protectrice et passionnée, puis celle d'Ernestine, étrangement autoritaire. On lâcha ses doigts et elle voulut crier de désespoir, mais aucun son ne sortit de sa gorge desséchée.

On la déshabilla, on la lava et la poudra comme un bébé. Une chemise de nuit fut passée par-dessus sa tête et elle se retrouva dans un lit douillet, la tête noyée dans l'oreiller.

Sans savoir si elle rêvait ou était éveillée, elle s'aperçut que Raoul était près d'elle. Il lui caressait les cheveux d'une main douce, prononçant des paroles qu'elle n'entendait pas. Des larmes qu'elle croyait à jamais taries inondèrent son visage. Elle sentit qu'on les essuyait et voulut relever la tête qui retomba aussitôt sur l'oreiller.

Toutes ses sensations s'estompèrent et elle retomba dans l'inconscience.

12

Tantôt les murs se rapprochaient, tantôt ils chan-
geaient de forme et s'évanouissaient dans le lointain,
puis ce fut l'obscurité. Beaucoup plus tard apparut un
point lumineux, puis deux, puis des myriades de flashes
qui embrasèrent l'espace et lui brûlèrent les yeux.

A d'autres moments des visages se dessinaient sur le
plafond : celui d'Ernestine, s'inquiétant de quelque
chose, comme toujours ; celui de Mme de Briand, pâle
comme la mort ; celui d'un homme qui aurait pu être
son oncle, mais qui n'était pas lui ; et le plus souvent
celui de Raoul, cruel, ou furieux, ou cynique, ou
souriant, ou encore angoissé.

Enfin, il n'y eut plus que la nuit, profonde, impénétrable et éternelle.

Quand Dellie s'éveilla, le soleil inondait la chambre.

— Mademoiselle ? dit une voix très douce.

Elle tourna la tête, qui résonna tel un tambour, et
reconnut Ernestine. Elle voulut lui parler, mais tous les
muscles de son visage étaient engourdis. Ensuite, la
gouvernante la souleva et approcha un verre de ses
lèvres desséchées. Elle but quelques gouttes d'eau et se
sentit mieux. Cette fois, elle réussit à sourire, mais
l'effort fut trop grand. Elle baissa les paupières et se
rendormit.

Elle rêva que Raoul se penchait sur elle et lui caressait doucement le visage. Elle désira le toucher, mais ses membres refusaient de lui obéir. Elle sentit sur sa peau la chaleur de son haleine et le rêve s'évanouit.

Quand elle rouvrit les yeux, Ernestine était en train de lui essuyer le visage avec une serviette humide et parfumée. Ensuite, la gouvernante lui fit avaler quelques cuillerées de bouillon.

— Mademoiselle va beaucoup mieux aujourd'hui.

Puisqu'Ernestine l'affirmait, cela devait être vrai. Pourtant Dellie se sentait absolument épuisée.

— J'aimerais encore un peu de potage.

— Non, Mademoiselle, cela ne serait pas prudent. La fièvre n'est tombée qu'hier. Mademoiselle a failli mourir de froid et a été très malade.

— Combien de temps... demanda-t-elle, articulant difficilement.

— Mademoiselle a déliré pendant quatre jours et Madame a été très inquiète, mais le docteur lui a annoncé hier que vous étiez sauvée.

— Et Raoul?

— C'est finalement M. Raoul qui vous a retrouvée, mais cela lui a pris deux jours. Tout le monde vous chechait du côté de La Chaise-Dieu. Vous ne devez pas vous fatiguer. Ne pensez plus à rien et dormez. Au réveil, je vous donnerai encore de la soupe.

Le conseil était superflu, Dellie s'étant assoupie avant même qu'Ernestine eût fini de parler. Elle s'éveilla après plusieurs heures d'un sommeil que ne troubla aucun rêve. La gouvernante, assise à côté du lit, alluma la lampe de chevet.

— Ernestine, vous devriez être auprès de Mme de Briand.

— Non, Mademoiselle. Madame m'a ordonné de rester ici jusqu'à votre rétablissement.

— Qui s'occupe d'elle?

— Mademoiselle ne doit pas s'inquiéter. Héloïse, qui est une gentille jeune fille, s'est bien débrouillée. La phase critique étant passée, je retournerai auprès de Madame ce soir. Pour l'instant, il faut vous nourrir afin de reprendre des forces.

Peu après, Marie-Ange apporta un plateau sur lequel était disposés un bol de bouillon, quelques biscottes et une assiette de compote. La cuisinière paraissait aussi soucieuse de sa santé que l'était Ernestine.

Tout en se forçant à manger, Dellie se disait que tout le monde se préoccupait d'elle, même Mme de Briand qu'elle avait gravement offensée, sauf la seule personne qu'elle avait envie de voir. Où se trouvait Raoul? A Montperdu ou à Paris?

Il fallut encore deux jours pour que Dellie eût recouvré assez d'énergie pour rester éveillée plus de deux heures d'affilée. Ernestine avait renoncé à sa garde permanente, mais Héloïse venait fréquemment s'occuper d'elle. Elle fit aussi la connaissance du docteur Charlevoix, le médecin de Saint-Just-Le-Haut, qui la soignait, et l'estima d'emblée sympathique.

Mme de Briand exigea de se faire conduire dans la chambre de Dellie. Celle-ci la trouva fatiguée et vieillie. Cette visite, ayant dû demander un gros effort de volonté à la vieille dame, dura peu et Dellie se rendit compte, après son départ, qu'elle ne lui avait pas confié les remords qui la torturaient.

Raoul ne s'était toujours pas manifesté. Etait-il venu la voir pendant son délire ou l'avait-elle imaginé? Il était probablement parti pour Paris aussitôt après l'avoir trouvée, ayant déjà perdu un temps précieux à la veille du vernissage de son exposition.

Le lendemain, elle se leva pour la première fois, mais ses jambes flageolantes refusèrent de la soutenir long-temps et elle se remit vite au lit. Cependant, deux jours plus tard, elle se sentit beaucoup mieux. Le docteur

Charlevoix revint encore la consulter et lui annonça, lors de sa dernière visite, qu'il la jugeait rétablie.

— Heureusement, vous êtes une jeune femme solide. Si seulement Eugénie de Briand possédait votre faculté de récupération.

— Elle m'a paru bien malade, lui dit-elle, bourrelée de remords à l'idée d'en être probablement responsable.

— C'est une maladie de l'âme, murmura-t-il. Un diagnostic qui me semble s'appliquer aussi à vous.

— Je me sens tout à fait guérie, affirma-t-elle d'une voix ferme. Je suis descendue dîner hier soir et j'ai passé la matinée à me promener au soleil.

— Vous n'êtes pas totalement remise, insista son interloctueur. Je crois que vous avez quelque chose sur le cœur.

— Absolument pas, mentit-elle en s'efforçant de sourire, sinon que je souhaite retrouver mon oncle et ma tante. Il y a si longtemps que je ne les ai vus.

— Votre souhait sera bientôt exaucé. J'estime que vous serez assez bien pour supporter les fatigues du voyage d'ici deux ou trois jours. J'en parlerai à Mme de Briand. Mais il faut absolument cesser de vous ronger intérieurement. Il est certaines maladies que même les médecins les plus habiles ne savent pas soigner.

Le docteur Charlevoix avait raison. Elle avait tenté d'exorciser le démon rongeant son cœur, mais elle n'avait pas réussi à en chasser Raoul. Il l'occupait tout entier, comme aussi ses pensées.

La jeune fille était persuadée qu'il était à Paris. Elle n'avait pas osé poser la question, de peur de trahir son trouble.

Le médecin avait interdit à la châtelaine de quitter sa chambre. C'est donc là que Dellie alla lui rendre visite. Elle eut un choc en la revoyant. La vieille dame déclinait visiblement. Son visage parcheminé était grisâtre et ses lèvres agitées d'un léger tremblement. L'Anglaise avait le cœur serré à la pensée de la souffrance qu'elle lui avait infligée.

— J'espère que vous ne m'en voulez pas de vous déranger.

Elle adressa un sourire contraint à Mme de Briand, installée dans un fauteuil trop grand pour elle, une couverture sur les genoux. La gouvernante s'était discrètement retirée dès son arrivée.

— J'aurais été triste si vous n'étiez pas venue me voir. Ernestine prétend que vous allez beaucoup mieux.

— C'est vrai.

Un silence embarrassé suivit. Dellie prit son courage à deux mains pour le rompre :

— Je ne sais comment vous exprimer ma pensée, mais j'aimerais vous dire que je n'ai jamais eu l'intention de vous causer de la peine et que pour rien au monde je ne souhaiterais vous en infliger. Pendant ces dernières semaines, je me suis sentie en famille. J'aurais été fière que vous fussiez ma mère... ma belle-mère. L'idée que j'ai pu vous faire souffrir m'est insupportable.

La vieille dame poussa un soupir déchirant.

— L'avez-vous fait ? Je ne crois pas. Parfois, on se punit soi-même. Ce que vous m'avez raconté à propos de Rhys, je l'ai oublié dans la mesure du possible. Mais je n'oublie pas que vous avez failli mourir à cause de moi. Si je ne vous avais pas parlé de cette façon la veille au soir...

— Ce n'est pas vrai. Autre chose m'a poussée à partir. Ce n'était pas vous.

La jeune fille se tordait les mains. Elle aurait désiré en dire davantage, mais c'était impossible sans révéler son amour pour Raoul.

Eugénie de Briand resta silencieuse un long moment, comme si elle ruminait la réponse de Dellie, puis elle murmura, se parlant davantage à elle-même qu'à son interlocutrice.

— Une autre chose… ? Mais alors…

Puis elle se tut. L'Anglaise, craignant de s'être trahie s'empressa de reprendre la parole :

— Le docteur Charlevoix m'autorise à partir dans deux jours. J'espère que vous êtes d'accord.

— Non, je ne suis pas d'accord. Et mon fils ne le sera pas non plus. Il était très inquiet quand il est parti et si le médecin ne lui avait pas affirmé que vous étiez hors de danger…

Dellie n'osait remuer et retenait son souffle, espérant et craignant à la fois d'en entendre davantage.

— … mais Raoul avait déjà plusieurs jours de retard. Les responsables de la galerie ne savaient plus que devenir. Le vernissage ne pouvait être retardé, comprenez-vous ?

— Je ne m'attendais pas à ce qu'il agît autrement, répondit-elle, d'une toute petite voix.

Ainsi Raoul était resté à Montperdu après son sauvetage…

— Il sera de retour dans une semaine.

Mme de Briand paraissait guetter sa réaction.

— Je suis certaine que l'exposition sera une réussite, fut tout ce qu'elle trouva à dire.

Et elle ajouta, en contrôlant soigneusement son intonation :

— Je me réjouis de lire ce qu'en penseront les critiques.

— Il serait préférable que vous demeuriez encore quelque temps à Montperdu. Raoul s'est beaucoup inquiété de votre santé. Il a téléphoné chaque jour… deux ou trois fois. Pour quelqu'un qui a horreur du téléphone…

Dellie essuya une larme. Ainsi il avait appelé chaque jour… certainement parce qu'il se préoccupait de la

148

santé de sa mère, puisqu'il n'avait pas demandé à lui parler. Pourtant, dans un coin de sa mémoire, elle revoyait son expression anxieuse. Mais il se serait pareillement tracassé si un accident semblable était arrivé à Ernestine, Marie-Ange ou Gaspard.

— Vous pourrez lui confirmer que je suis rétablie.

— Pourquoi n'attendez-vous pas de pouvoir de lui annoncer vous-même ?

— J'ai rendez-vous avec ma tante après demain à Paris. Ainsi je ne serai pas seule pour tout le voyage.

Mme de Briand réfléchit un instant, les lèvres serrées et les sourcils froncés.

— C'est dommage. Je vous demande seulement, mon enfant, de venir me rendre visite avant votre départ.

Dellie avait pris congé d'Eugénie de Briand la veille au soir, le cœur serré à la pensée de ne plus jamais la revoir, mais soulagée de constater que la vieille dame allait beaucoup mieux. Elle l'avait trouvée étrangement calme, sereine, comme en paix avec elle-même. Peut-être ne se considérait-elle plus responsable du tragique accident ayant failli coûter la vie à son invitée ? Quoi qu'il en soit, son visage n'était plus grisâtre, il y avait même un peu de couleur sur ses joues ridées et le léger tremblement des lèvres avait disparu.

Maintenant, Dellie était prête à partir. Heureusement, Gaspard et Ernestine s'étaient occupés de tout, car elle aurait été incapable d'organiser elle-même son voyage. Elle avait repris un peu de poids et se sentait assez bien pour prendre le train, mais elle n'avait pas recouvré sa vivacité et son énergie coutumières. Elle dut déployer un grand effort de volonté pour quitter le fauteuil dans lequel elle était nonchalamment assise.

Elle jeta un dernier coup d'œil sur les tiroirs de son bureau, la salle de bains et l'armoire pour s'assurer de n'avoir rien oublié. Tous ses effets avaient été emballés, à l'exception de la blouse de dentelle qu'elle avait laissée suspendue à un cintre dans la penderie et de son chandail rouge, oublié dans l'atelier de Raoul. Elle n'avait pas voulu demander la clé à la gouvernante. Celle-ci le lui ferait certainement parvenir par la suite.

Dellie avait déjà fait ses adieux à Marie-Ange et à Ernestine le matin même. Elle fut très touchée quand elle s'aperçut que la gouvernante essuyait furtivement une larme avec un coin de son tablier. Quelle différence avec son précédent départ !

Gaspard n'amènerait la Renault qu'une heure plus tard, pourtant Dellie avait cru entendre le bruit d'un moteur. Lorsqu'elle avait vérifié par la fenêtre du couloir, elle n'avait pas vu de voiture.

Comme il faisait beau, elle décida d'attendre dehors. Elle descendit lentement, caressant du bout des doigts la rampe de l'escalier. Par la baie vitrée du hall, elle admira une dernière fois les roses de la cour intérieure, ce qui raviva ses souvenirs et par conséquent sa douleur. Par bonheur, dans quelques heures, le train l'emmènerait loin de Montperdu. Elle ouvrit et sortit au soleil.

Elle s'aperçut alors que la porte de l'atelier de Raoul était entrouverte. Sans doute Héloïse ou Ernestine profitaient-elles de l'absence de leur patron pour le nettoyer. Cela lui donnait une chance de récupérer son pull-over. Ainsi personne n'aurait pas à se déranger.

Elle traversa la cour et pénétra dans la grande pièce. Elle était parfaitement silencieuse : pas de trace de domestique, seule la poussière dansait dans les rayons du soleil.

La plupart des toiles qu'elle avait vues alignées contre le mur avaient disparu. Il ne restait que quelques petits tableaux et, sur un chevalet, un très grand dont elle ne voyait que le dos, certainement le portrait de

Noëlle Rossignol. Elle détourna le regard, aperçut sur la table une tache rouge qui ne pouvait être que son pull-over, s'approcha et tendit le bras pour le prendre.

— Dellie !

— Elle sursauta, comme frappée par une décharge électrique et se retourna pour faire face à Raoul.

Il se tenait dans l'encadrement de la porte, le sourire aux lèvres. Dellie sentit son cœur bondir dans sa poitrine, tandis qu'une grosse boule lui remontait dans la gorge.

Raoul entra et referma derrière lui. Il n'avança pas dans la pièce. Il la fixait intensément. Dans ses prunelles brillaient de petites paillettes d'or.

— Je suis venue reprendre mon pull-over, murmura-t-elle timidement en évitant son regard.

Il s'approcha très lentement de Dellie qui n'osait toujours pas le regarder.

— Je vous croyais à Paris.

— J'y étais. Je suis de retour depuis quelques minutes seulement.

Il continua à marcher puis s'arrêta à quelques pas d'elle. Il leva la main comme s'il voulait la toucher puis la laissa retomber en poussant un profond soupir.

— Je supposais vous trouver au château.

— Je suis descendue parce que je pars dans une heure. J'ai rendez-vous à Paris ce soir avec ma tante.

— En êtes-vous sûre ? Je ne pense pas que vous devriez déjà voyager.

— Le médecin m'y a autorisé, déclara-t-elle en se détournant pour échapper à son examen.

— Vous vous seriez éclipsée ainsi, sans même un adieu ?

— J'ai pris congé de votre mère.

— Elle me l'a appris hier.

— J'imaginais que mon départ vous laisserait indifférent. Vous ne m'avez pas parlé au téléphone.

— Il m'était impossible de vous dire au revoir de cette façon…

— Alors je vous fais mes adieux. Et je vous exprime mes remerciements.

— Vos remerciements ?

— Je vous suis reconnaissante de m'avoir sauvé la vie.

— Vous pouvez remercier Noëlle. Si elle n'avait pas…

Il laissa la phrase, prononcée sur un ton sarcastique, inachevée. Dellie avala difficilement sa salive ; elle ne voulait rien devoir à Noëlle Rossignol.

— Je suis certaine que vous l'avez déjà remerciée pour moi.

Elle regarda ses mains et constata qu'elle ne tremblaient plus.

— C'est ce que j'ai fait.

Il avait parlé sèchement et cela réveilla chez Dellie une foule de mauvais souvenirs.

— Je vous ai contraint à retarder votre départ pour Paris et j'en suis désolée.

— Paris peut aller au diable !

Elle déploya un gros effort pour conserver son calme et lui demanda d'un ton neutre :

— Comment ont réagi les critiques ?

— Je n'en ai aucune idée. Le vernissage a lieu ce soir.

Il y avait une note d'amusement dans sa voix. Elle lui jeta un rapide coup d'œil puis fixa un point à l'extrémité de la pièce.

— Mais alors, vous allez…

— Le manquer ? oui. D'ailleurs je n'ai jamais aimé les vernissages, précisa-t-il en haussant les épaules.

— Ce qui explique votre retour.

— Dellie, vous savez parfaitement pourquoi je suis revenu.

Il s'était exprimé d'une voix grave et chaude qu'elle ne lui connaissait pas. Elle sentait son cœur battre follement dans sa poitrine. Paralysée, elle n'osait lever les yeux. Il la prit par le bras et l'entraîna vers le chevalet. Elle essaya de résister car elle ne voulait pas regarder le portrait de Noëlle, ni maintenant ni jamais.

— Peut-être cela vous aidera-t-il à comprendre, dit-il d'un ton très doux.

Elle souleva les paupières, s'attendant à rencontrer le regard hautain de Noëlle, mais la toile était devenue miroir : elle avait devant elle sa propre image.

Tout était là, non pas représenté, mais sublimé par la main de l'artiste : un visage auréolé de cheveux blond vénitien laissant apercevoir de petites oreilles joliment dessinées ; les yeux tels qu'il les avait décrits à sa mère le premier jour, gris pâle, très espacés, lumineux et innocents, étonnés de découvrir un monde inconnu ; la bouche trop grande, d'un rose très pâle, légèrement ouverte par un sourire dévoilant de ravissantes dents de nacre ; le menton, fin, relevé comme pour protester, la peau, satinée, vivait sur la toile.

La Dellie du portrait était habillée de la blouse de dentelle, son décolleté profond révélant une gorge parfaite, évoquant une sensualité encore endormie.

— Un merveilleux amalgame de feu et d'innocence, murmura Raoul d'une voix de velours.

Elle se tourna vers lui et le regarda enfin avec des yeux émerveillés.

— Vous m'aimez, sinon vous n'auriez pas peint cela.

Ce n'était pas une question, mais la découverte d'une évidence…

— Je pense que mon cœur vous a toujours aimée, déclara-t-il simplement, mais il m'a fallu peindre votre portrait pour le découvrir.

— Vous ne m'en avez jamais rien dit.

Dellie avait les mains pressées sur sa poitrine, tentant

désespérément de calmer les battements désordonnés de son cœur affolé.

— Pourtant, vous étiez en train de faire le portrait de Noëlle.

— C'est vrai.

Il se tenait à côté d'elle, mais n'esquissait aucun mouvement pour se rapprocher. Il la regardait avec une tendresse dont elle ne l'avait pas cru capable. Ses yeux exploraient son visage et elle les sentait sur elle comme une caresse.

— C'est en représentant son image que j'ai découvert sa vraie nature. J'ai appris tout ce qu'elle avait réussi à me cacher longtemps. Et je ne suis pas parvenu à l'achever.

— Elle n'a pas dû aimer cela.

— Que Noëlle aille au diable ! Et elle n'a pas aimé quantité de choses que je lui ai dites. Quiconque est capable de garder si longtemps le silence, sachant que votre voiture est garée près de...

Il s'interrompit, comme si les mots refusaient de sortir de sa gorge serrée par l'émotion à la pensée de ce qui avait failli arriver à Dellie. Ses prunelles brillaient d'une lueur inquiétante à l'évocation de la méchanceté ignoble de Noëlle.

— Mais j'en avais déjà terminé avec elle, définitivement, le soir où elle est venue dîner au château.

— La lettre qu'elle a apportée...

— Une ultime tentative de renouer avec moi.

— Mais pourtant, quand vous m'avez emmenée dîner chez elle, il m'a semblé...

— Elle était jalouse de votre beauté et avait deviné bien avant moi que je vous aimais. Elle a joué la comédie de l'intimité pour vous obliger à croire que c'était elle dont j'étais amoureux. Entre Noëlle et moi, tout était fini depuis longtemps déjà.

Dellie ne voulait pas penser à elle. L'évocation de

154

cette femme dont elle avait été follement jalouse, ne ternirait pas la joie de se savoir aimée de l'homme dont elle était amoureuse en secret depuis si longtemps.

— Noëlle n'a jamais pris mon cœur, pas vraiment, mais je ne puis nier qu'une relation ait existé. Après tout, je suis un homme...

— J'ai déjà cru m'en apercevoir, dit-elle avec un sourire complice.

C'est Dellie qui, finalement, s'approcha de lui.

— Oh! Raoul...

Il la prit dans ses bras et ses lèvres se mêlèrent aux siennes en un baiser passionné.

Les Prénoms Harlequin

DELLIE

Celle qui porte ce prénom se distingue avant tout par son extrême droiture, et son sérieux dans tout ce qu'elle entreprend. Courageuse et obstinée, elle parvient à bout des tâches les plus ardues, mais n'hésite pas à sacrifier sa carrière au bonheur de ceux qu'elle aime. Et, non contente de posséder des qualités aussi précieuses, elle y joint bien souvent un charme dévastateur !

C'est par compassion pour la vieille Mme de Briand que Dellie Everett accepte de jouer la comédie, s'attirant par la même occasion l'animosité du frère aîné de son « fiancé »...

Les Prénoms Harlequin

RAOUL

fête : 7 juillet   couleur : orangé

*Personnage déroutant et un peu mysté-
rieux, celui qui porte ce prénom a pour animal
totem la chauve-souris, symbole des ténè-
bres... Son apparente froideur fascine et
déconcerte à la fois, mais elle n'est là que
pour masquer sa très grande sensibilité. En
vérité, celle-ci préfère s'exprimer dans l'art ; et
c'est dans un tableau ou dans un poème qu'il
faudrait chercher la clé de cette nature
énigmatique...*

*Si Raoul de Briand soupçonne Dellie
d'avoir causé la mort de son frère, l'artiste en
lui ne reste pas de marbre devant la beauté de
la jeune fille...*

Voici l'été!..

Avec ses journées chaudes et ensoleillées, l'été vous invite à la détente et à l'oubli…

Alors, faites provision de rêve, d'aventure et d'émotions heureuses! Sur la plage, à la campagne ou dans votre jardin, partez avec Harlequin, le temps d'un été, le temps d'un roman!

Chaque mois, 6 nouvelles parutions dans Collection Harlequin et Harlequin Romantique, 4 nouvelles parutions dans Collection Colombine et 2 nouvelles parutions dans Harlequin Séduction.

HF-SUM-R

Collection Harlequin

Les chefs-d'oeuvre du roman d'amour

Recevez *chez vous* 6 nouveaux livres chaque mois... et les 4 premiers sont GRATUITS!

Associez-vous avec toutes les femmes qui reçoivent chaque mois les romans Harlequin, sans avoir à sortir de chez vous, sans risquer de manquer un seul titre.

Des histoires d'amour écrites pour la femme d'aujourd'hui

C'est une magie toute spéciale qui se dégage de chaque roman Harlequin. Ecrites par des femmes d'aujourd'hui pour les femmes d'aujourd'hui, ces aventures passionnées et passionnantes vous transporteront dans des pays proches ou lointains, vous feront rencontrer des gens qui osent dire "oui" à l'amour.

Que vous lisiez pour vous détendre ou par esprit d'aventure, vous serez chaque fois témoin et complice d'hommes et de femmes qui vivent pleinement leur destin.

Une offre irrésistible!

Recevez, *sans aucune obligation de votre part,* quatre romans Harlequin tout à fait *gratuits!*

Et nous vous enverrons, chaque mois suivant, six nouveaux romans d'amour, au bas prix de $1.75 chacun (soit $10.50 par mois) sans frais de port ou de manutention.

Mais vous ne vous engagez à rien: vous pouvez annuler votre abonnement à tout moment, quel que soit le nombre de volumes que vous aurez achetés. Et, même si vous n'en achetez pas un seul, vous pourrez conserver vos 4 livres gratuits!